고전 텐미닛

하루 10분 인문 고전 여행을 통한 중학교 1학년 성장기

도서출판 담다

2022년 서동중학교 1학년 1반 '샛별반' 학생 일곱 명의 글을 모아 책으로 엮었습니다.

* '샛별반'을 소개합니다. 샛별은 장래에 큰 발전을 할 사람을 비유한 말이며,

우리 반 친구들 모두 미래에 별처럼 세상을 밝혀보자는 의미입니다.

서동중학교 1학년 1반 박시현

한 문장이라도 매일 조금씩 읽기로 결심하라.
하루 15분씩 시간을 내면 연말에는 변화가 느껴질 것이다.

호러스 맨 (Horace Mann)

청소년 고전 탐구 모임을 운영하다 보면 안타까운 현실을 마주하는 순간이 찾아 온다. 초등학생 시절, 좋은 교육에 대한 부모의 열정으로 시작한 고전탐구반 학생들이 중학교 1-2학년에 이르면 대학입시에 당장 도움을 줄 수 있는 학원 순례를 시작하기 때문에 고전 탐구 활동을 대개 중단한다. 이런 우리 현실을 고려할 때, 학교 교육 현장에서 교사가 주체적 역량을 발휘해 그것도 점심 시간의 일부를 쪼개 학생들과 고전을 함께 읽고 탐구하는 작은 시도는 그 자체로 신선한 충격이다. 교사의 시도도 훌륭하지만, 자신의 사적 시간을 활용해 이런 실험에 동참한 학생들의 태도도 놀랍다.

선정한 책도 지혜롭다. 『어린 왕자』, 『데미안』, 『수레바퀴 아래서』, 『톰소여의 모험』, 『레미제라블』, 『동물농장』 등 학생들이 쉽게 이야기에 빠져들 수 있는 고전들을 골랐다. 고전은 딱딱하고 어렵다는 편견을 뒤집어 100~200년 길게는 300년 이상을 살아남은 인류의 서사와 지혜를 접속할 수 있도록 했다는 점에서 세심한 설계와 배려가 느껴진다. 고전이 주는 깊은 맛과 향기를 음미할 수 있는 기회를 학교 현장에서 경험해 볼 수 있었다니 얼마나 고마운 일인가. 고전을 읽는 일은 당장의 쓸모를 주지 않는다. 입시에서 좋은 성적을 보장해 주는 것도 아니며, 먹고 사는 일에 유용한 무엇도 약속하지 못한다. 그런데 왜, 우리는 이런 활동에 박수를 보내는 것일까?

오래전 일이다. 북유럽 한 모퉁이의 변방 국가 덴마크에서는 살벌한 주입식 교육이 횡행하고 있었다. 암기하고 주입하며 시험을 쳐서 성적이 좋지 않은 학생에게는 체벌을 가했다. 학생들은 겁에 질려 학교에 가야 했고 주변 강대국에 의해 국토의 2/3를 뺏긴 국민들은 방황하며 술과 폭력, 절망에 시달려야 했다.

이런 비참한 상황을 타개하고자 한 인물이 나섰다. 철학자이자 시인, 그룬트비다. 그는 사재를 털어 폴케호이 스콜레(자유학교)라는 작은 학교를 하나 만들었다. 주입식 교육을 탈피해 교과서 대신 책을 통해 가르쳤다. 시험을 없애고 이야기와 대화를 통해 자연스럽게 삶의 지혜와 진리를 아이들뿐 아니라 온 국민이 경험할 수 있도록 도왔다. 철학자 키르케고르가 이 교육운동에 힘을 보탰으며, 작가 한스 안데르센 역시 함께했다.

이 작은 움직임이 거대한 물결을 일으켰다. 폴케호이 스콜레는 요원의 들풀처럼 퍼져나갔고, 덴마크 국민들은 밖에서 잃어버린 것(영토)을 안에서(마음) 찾아야 한다며 하나로 모이기 시작했다. 이런 덴마크 정신을 대표하는 표현 휘게(Hygge)는 21세기 들어 이 나라의 행복지수가 전세계 1위에 올랐는지를 이해할 수 있게 하는 대목이다. 유용한 학문(useful arts)와 반대의 개념으로 리버럴 아츠(liberal arts)가 있다. 대표적인 useful arts로서 과학, 기술,

공학, 의학, 경영학, 경제학 등이 있다. 당장의 먹고 사는 문제를 해결해 준다. 반면 고전을 통한 리버럴 아츠는 삶의 문제를 직면하게 만든다.

인간이란 어떤 존재며 삶이란 무엇인가에 대해 끊임없이 사유하고 질문하게 도전한다. 유용한 학문이 정답을 찾아가도록 삶을 구조화 하면서 주체성을 서서히 박탈해 나가는 동안, 리버럴 아츠는 정답 대신 질문을 던지는 힘을 길러주면서 세상에서 주체적으로 관계를 맺으며 사는 방법, 자유를 찾아가는(liberal + arts)기술을 내면으로부터 연마하며 스스로 찾아 모험을 떠나도록 격려한다. 200년의 긴 세월 동안 덴마크는 안으로부터의 변화를 도모하며 변방의 초라한 빈국에서 세계인이 부러워하는 정신적, 물질적 문화를 일궈냈다. 리버럴 아츠의 힘이다.

『고전 텐미닛』을 통해 중1 학생들이 보여준 아름다운 성장의 이야기가 입시와 유용성 위주로 딱딱하게 굳어있는 교육 현장에 한 줄기 소망의 빛으로 많은 이들에게 영감을 줄 수 있기를 기대한다.

한국 인문고전 독서포럼 대표 조신영

『경청』『쿠션』『정온』 등
다수의 베스트셀러를 펴냈다.
생각학교ASK를 운영 중이다.

반짝이는 눈빛, 아름다운 도전

'Non Sibi'는 미국 명문고 필립스 엑서터 아카데미의 가르침입니다. 우리말로 '배운 것을 타인을 위해 써라'는 뜻입니다. 올바른 인성을 바탕으로 배움을 추구해야 한다는 교육 철학이 엿보입니다. 이 학교에서는 모든 교육 활동을 배려와 협력 중심으로 펼쳐나갑니다. 인성이 바른 학생이 훌륭하게 성장하고 사회에 기여하기 때문입니다.

우리나라도 인성 교육을 강조하고 있지만 큰 성과는 없습니다. 여전히 남의 입장을 배려하지 않고 자기중심적으로 행동하는 학생이 많습니다. 어떻게 하면 교실을 배려와 존중의 마음으로 채울 수 있을까요? 이 어려운 과제에 도전한 교사와 학생들이 있습니다. 서동중학교 최선경 선생님과 1학년 233명 학생이 그 주인공입니다. 이들은 7개월간 손을 꼭 잡고 '모모 씨를 부탁해'라는 프로젝트를 완성했습니다. 코로나 감염병이 확산하여 협력 활동을 하기 어려운 상황에서 추진한 활동이라 의미가 있습니다.

최선경 선생님은 변화의 실마리를 인문 고전에서 찾았습니다. 고전은 시대를 초월해 보편적 가치를 인정받은 책이기 때문입니다. 삼

류 대학이었던 시카고 대학교도 '고전 100권 읽기 프로젝트'를 시행하면서 노벨상 왕국으로 거듭났습니다. 최 선생님은 고전의 교육적 가치에 주목하고 고전을 학생 지도에 활용했습니다. 많은 선생님이 어렵다고 망설일 때 과감하게 실천해 학생들에게 바른 인성과 빛나는 지혜를 선물했습니다.

성적 경쟁이 치열한 시대에 고전 읽기를 지도하는 것은 쉽지 않습니다. 이것은 확고한 철학이 없이는 생각조차 하기 어려운 일입니다. 무엇보다 학부모와 학생을 설득하기가 어렵습니다. 학부모의 동의를 구하고 학생을 참여시키는 데는 평소에 쌓아둔 신뢰감이 크게 작용한 것 같습니다. 치밀하게 계획을 세우고 철저하게 준비한 덕분에 알찬 성과를 거두었다고 봅니다.

이 프로젝트가 성공한 요인은 '꾸준함'입니다. 7개월간 매일 10~15분간 읽기를 실천한 것이 주효했습니다. '우공이산(愚公移山)'이란 말이 있듯이 작은 습관이 쌓이고 쌓이면 엄청난 변화를 일으킨다는 것을 증명해 보였습니다. 독서 시간이 늘어나면서 학교가 사색의 숲에 안기고 교실에는 생각이 쑥쑥 자라났습니다.

독서를 글쓰기와 연계한 것이 돋보입니다. 작가 플로베르는 '글쓰기는 정확한 사람을 만든다.'고 하였습니다. 글쓰기를 통해 아이들은 생각이 깊은 사람에서 정확한 사람으로 나아갑니다. 하지만 글쓰기를 어려워하는 학생이 많습니다. 이런 학생을 위해 주요 질문을 제시하고 이 질문을 중심으로 생각을 펼치도록 배려했습니다.

학생들이 쓴 글을 읽어보면 드라마를 보는 듯합니다. '데미안'의 고민에 공감하며 알을 깨고 나오려고 다짐하고, '어린왕자'와 대화하며 참된 인간관계를 배웁니다. 톰 소여와 로빈슨 크루소를 만나 용기와 끈기를 가슴에 새기고, 80일 동안 신나게 세계일주 여행을 하면서 꿈과 상상력을 펼칩니다. 『동물농장』을 읽으며 자유의 소중함을 깨닫는가 하면 『걸리버 여행기』를 음미하며 사회 문제 해결에 참여하려는 태도를 만들기도 합니다.

학생들은 반짝이는 별이 되었습니다. 10권의 책을 읽으며 공감 능력과 문해력을 키웠습니다. 자신의 생각을 글로 표현하면서 창의적 표현력을 함양했습니다. 활동은 여기서 그치지 않았습니다. 글을 다듬어 『고전 텐미닛』이란 책을 묶어냄으로써 자존감을 높이고 창조의 기쁨을 껴안았습니다. 이 학생들의 미래가 기대됩니다.

최 선생님은 우리 교육의 영웅입니다. 한 교사가 학교를 어떻게 변화시키는가를 여실히 보여주는 모범 사례입니다. 『논어』에 '박학독지 절문근사(博學篤志, 切問近思)'라는 말이 나옵니다. '널리 배워 뜻을 굳게 하고 절실하게 묻고 가까이부터 생각하라'는 뜻입니다. 최 선생님은 문제 상황에 맞닥뜨렸을 때 진지하게 질문하며 가까이에서 해결책을 찾았습니다. 묻힌 잠재력을 찾아 갈고닦아 학생을 별로 만들어준 최 선생님께 박수를 보냅니다.

한 송이 꽃이 다른 꽃을 불러 꽃밭을 만들어갑니다. 최 선생님의 노력과 성과가 번져나가 여러 학교가 다채로운 색깔로 물들면 좋겠습니다. '하루 10분 인문 고전 읽기'는 질문을 일으키는 교육, 배려와 협력을 배우는 교육을 뿌리내리게 하는 데 마중물 역할을 할 것입니다.

"저는 『어린 왕자』를 읽고 많은 것을 배웠습니다. 시간과 노력이 들더라도 자신과 다른 사람들에게 조금이나마 의미 있는 일을 해야겠다고 다짐했습니다."라고 말하는 한 학생의 목소리가 귓가에 맴돕니다.

시인, (전)수석교사 **김종두**

 추천사 3

젊은 세대인 저조차도 무지함이 보편화된 이 시대적 조류가 참 기이하게 느껴질 때가 많습니다. 그렇지만 '어리석음'이라는 제 고착된 문제를 해결하려면 어떻게 해야 하는지, 무엇보다도 어디서부터 잘못된 건지 방향성도 잡지 못해 헤매는 것이 제 실정이기도 합니다. 따라서 정처 없이 헤매는 청소년과 젊은 세대에게 진정으로 필요한 것은 '무지함을 일깨우는 통탄'이 아니라, '참된 가치의 인식을 일깨우는 조언'일 것입니다. 『고전 텐미닛』은 저술 과정에서 인문 고전을 매개체로 학생들에게 선인들의 지혜를 바탕으로 한, 참된 가치에 대한 확장된 사고의 경험을 제공했다는 점에서 현 세태를 극복하기 위한 가장 친절한 노력으로 인정될 만합니다. 또한 책의 독자인 학생이 또 다른 책의 필자가 되어 독자들에게 자기만의 의미 구성 방식을 공유하는 과정에서 해당 고전을 읽지 않은 독자들에게는 책과 소통할 새로운 기회를, 읽은 독자와 필자 자신에게는 인식의 심화를 통한 소통의 즐거움을 제공한다는 점에서도 큰 의의가 있습니다.

학생들의 글을 읽으며 발견한 공통점은 학생들에게 고전(또는 책)이 인간사의 공통적 특성, 즉 보편성을 발견하고 이를 바탕으로

현 인류에 대해 고찰하게 하는 촉진제이자 어떤 경우 잘못된 사회상을 깨닫고 이를 해결하기 위한 참된 인간상을 그리는 기회로 작용했다는 것입니다. 또한 책 속 인물과 자신의 유사성을 바탕으로 필자 자신에게 닥친 여러 문제를 해결해 나가면서 앞으로의 삶의 태도를 다짐하는 모습도 엿볼 수 있었습니다. 고전의 지혜와 필자들이 얻은 인생관을 함께, 한 번에 들여다 볼 수 있음이 참 매력적으로 다가온 작품입니다.

10권의 인문 고전 가운데 제가 고등학생이 되어서 다시 읽어도 그 속에 작가가 숨겨놓은 속뜻을 모두 이해하기는 어렵다고 느낀 책들이 있습니다. 저와 마찬가지로 아직 조금은 어린 필자들의 특성상, 책에서 제시한 한 문장 한 문장의 의미를 단번에 이해하는 데에 어려움을 보이기도 합니다. 그러나 각각의 단어를 곱씹고 전후 관계를 파악하기 위해 고민하고 삶으로 찾아가는 과정에서 더욱 깊이 있는 이해를 끌어내는 필자들의 모습은 모든 단어에 심혈을 기울이고 문학적 장치의 배치를 고민하는 작가의 모습으로도 보일 만큼 매우 열정적이며, 이 열정과 열심을 통한 눈부신 성장이 저를 포함한 많은 독자들로 하여금 각자의 인생에 대한 달콤한 고민의 시간을 가지게 할 것임을 믿어 의심치 않습니다.

이 책의 필자들은 고전에 대한 자신의 질문을 해결하는 모습을 보여주기도 하고 어떤 질문에 대해서는 독자들을 위해 남겨 놓기도 합니다. 이들이 이미 답한 질문에 대해서는 '나라면' 어떻게 답할 것인지 필자와의 관점을 비교해보고 미제로 남은 질문에 대해서는 책 내용을 상기시키며 함께 사고 과정을 펼쳐나간다면 이 책의 필자와 훌륭한 상호작용을 이루며 책을 읽을 수 있을 것입니다. 또한 필자들이 내놓은 고전과 관련된 그들의 솔직한 경험과 필자들의 생각의 변화 속에 어떤 역사가 숨어 있을지 그 발자국을 따라 걸어 본다면 그 끝에 역사를 바꿀 '여러분'을 위한 선구자로서의 필자의 조언이 빛나고 있을 것입니다. 우리가 당면한 문제를 다양한 세대의 관점에서 바라보는 힘, 바로 『고전 텐미닛』을 통해 키워나가시길 바랍니다.

2022년 서동중학교 졸업생 김아윤 학생

<중등학급경영_행복한 교사가 행복한 교실을 만든다>에 수록된

<생각을 7하다> 공저자

목 차

제 1 장 관계

제 2 장 끈기

제 3 장 성장

제 4 장 용기

제 5 장 자유

고전 텐미닛을
역게 되기까지

학년 전체에서 인문 고전 읽기를 시작하기까지

　인문 고전 읽기에 대한 필자의 실천 의지는 현장에서 맞닥뜨리는 문제의식과 질문에서 시작되었다. 매일 마주하는 아이들의 모습 속에서 인성교육의 필요성을 절실하게 느끼고 있다. 중학교 1학년 담임을 4년 만에 맡았다. 그것도 학년 부장을 맡게 되면서 생활지도에 대한 부담과 고민이 컸다. 방역 문제로 2, 3학년과 1학년 점심시간을 분리해서 운영 중이라 타 학년 수업에 방해가 되지 않게 1학년 10개 반 233명의 학생을 지도해야 한다는 상황이 필자에게 주어진 큰 과제 중 하나였다. 점심시간에도 담임교사들이 교실에 머물면서 학생들을 지도한지도 몇 년이 지났다. 이제 익숙할 만도 하지만, 타 학년 수업에 방해되지 않게 특별히 더 정숙을 요구하는 상황이 되고 보니 부담이 큰 것이 사실이었다. '이왕 흘려보내는 점심시간, 좀 더 의미 있게 보낼 수는 없을까?'

　"선생님 이거 학교폭력 아니에요?" 사소한 말다툼까지 학교폭력 사안으로 보는 학생들이 적지 않다. "저 친구가 맨날 저한테 시비 걸어요. 저한테만 맨날 그래요. 예전부터 계속 그랬어요." 이런 이야기를 자주 듣는다. 중학교 1학년의 경우 초등학교 때부터 서로 감정의 골이 깊은 상태가 중학교까지 이어지는 경우가 많다. 한 번 나빠진 관계는 개선될 수 없는 것인가? 관계 개선을 위해서는 타인을 배려하고 존중하는 마음이 당연히 필요하지만, 먼저 학생들 각자 자아존중감이 높아져야 한다고 생각한다. 자신이 먼저 단단해져야 다른 사람을 이해할 마음의 여유도 생기는 것이다. 그렇다면 자아존중감은 어떻게 높일 수 있을까? 타인에 대한 배려는 말로만 되는 것이 아니라 진정한 공감이 바탕이 되었을 때 가능하다. 자신에 대한 공감이 먼저이기도 하다. 이런 공감 능력을 어떻게 이끌어 낼 수 있을까?

"선생님~ '피상적인'이 무슨 뜻이에요?" 'superficial'이라는 단어를 영어사전에서 찾고도 그 뜻이 무엇인지 모르는 학생.

"선생님~ 월드컵과 올림픽 차이가 뭐예요?" 아이고, 월드컵과 올림픽의 차이를 진짜 모른단 말인가!

"선생님~ 필자가 누구예요?" '윗글의 필자의 심정으로 알맞은 것은?' 단원평가 문제를 풀다 말고, '필자'가 등장인물이라도 되는 것처럼 질문을 하는 아이.

그냥 어이없이 웃어넘기기에는 정말 슬픈 현실이다. 영어 수업 중에 영어 실력이 문제가 아니라 우리말을 읽고도 제대로 뜻이 파악이 안 되는 학생들을 보면 어디서부터 손을 대야 할지 난감할 때가 많다. '교과서를 읽지 못하는 아이들' 이런 현상이 왜 일어날까? 어떻게 해결할 수 있을까? 문해력 저하가 결국은 관계 문제로까지 이어지는 것을 목격한다. 반대로 관계 문제에서 문해력 저하가 시작되었을 수도 있다고 생각한다. 이해력이 떨어지면 감정적으로 해결하려고 하고 외부와 단절되다 보면 극단으로 치닫게 된다. 이해력이 떨어지면 문제해결력도 떨어지게 되는 것이다. 문해력 문제를 다룰 때 지적인 측면에서만 바라볼 것이 아니라 정서적인 면도 감안을 해야 한다는 생각이 든다.

고민 끝에 필자가 직면한 이런 문제 상황들을 해결해줄 실마리를 인문 고전 읽기에서 찾았다. 인문 고전 읽기를 통해 다음과 같은 내용을 기대했다.

첫째, 스스로 책을 읽어냈다는 뿌듯함이 성취감을 느끼게 하고 자기 주도성이 향상될 것으로 기대했다.

둘째, 등장인물의 갈등을 파악해 보면서 공감 능력이 향상될 것이고 공감 능력이 향상된 만큼 관계도 개선될 것으로 기대했다.

셋째, 지속적으로 책을 읽고 기록하는 습관을 들임으로써 성찰을 생활화하다 보면 문해력도 향상될 것으로 기대했다.

넷째, 인문 고전 읽기를 통해 세상과 연결, 공감 능력 향상, 다양한 갈등 상황을 접해보면서 타인 이해, 다양한 해결책이 존재함을 깨닫게 됨으로써 창의적 사고력도 향상될거라 기대했다.

왜 인문 고전인가?

'인문(人文)'은 '인류의 문화'를 뜻한다. 고전(Classics)을 사전에서 찾아보면 다음과 같이 풀이되어 있다.

> *옛날의 의식이나 법칙, 오랫동안 많은 사람에게*
> *널리 읽히고 모범이 될 만한 문학이나 예술 작품*

김 헌은 〈인문학의 뿌리를 읽다〉에서 다음과 같이 고전의 의미를 표현했다. '하나의 책을 고전이 되게 하는 것은 바로 역사 그 자체이다. 역사의 선택을 받은 텍스트가 고전이며, 그래서 고전은 역사의 산물이라 말한다. 고전의 생명력은 특정 시대의 문제들에 깃든 보편성을 통찰하는 힘에서 비롯되며, 역사의 매 순간에 새롭게 생겨나는 문제들에 대응하는 힘에서 확인된다.'

종합해보자면, 고전(古典)이란 오랫동안 많은 사람에게 널리 읽히고 모범이 될 만한 문학이나 예술 작품을 말하며, 시대가 바뀌어도 끊임없이 모방 되고 재창조되며 후대 작품을 이해하는 데 도움을 주는 책을 말한다. 고전은 오랜 시간을 견디어 낸 위대한 책이다. 그러므로 고전은 고전 그 자체로서도 충분히 가치가 높지만, 고전의 진짜 가치는 그 책을 읽는 이들의 사고의 확장에 있다고 하겠다. 고전에는 지식이나 정보만 담겨있는 것이 아니라 위대한 지혜와 통찰력이 담겨있기 때문이다.

고전을 읽으면 뭐가 좋을까? '미래는 과거로부터 오는 것이다. 과거가 현재를 만들었고, 현재가 미래를 만들기 때문이다. 미래로 가는 길은 오래된 과거에 있다. 이것이 우리가 고전을 읽어야 하는 이유'라고 신영복 교수는 말한다. 〈고전의 힘〉의 저자들은 고전의 가치를 다음과 같이 설명한다. "고전의 힘은 답을 제시하는 것이 아니라, 끊임없이 질문을 만들어내는 것이다. 답은 시대와 환경에 따라 달라질 수 있지만 선각자들이 던진 최초의 질문에는 진리의 실마리가 숨어 있다. 그 질문으로부터 인간의 사유는 더 높은 곳을 향해 나아갔고, 또다시 새로운 질문을 만들어냈다."

고전을 통해 과거의 역사에서 현재와 미래를 살아갈 교훈을 얻고 질문을 통해 사고력을 높일 수 있다. 또한 사고의 확장, 지혜와 통찰력을 기를 수 있다. 주입식으로 지식을 넣기만 하는 교육이 아니라 학생들의 잠재력을 끄집어내는 교육을 강조하고 있는 지금 현시점에 꼭 필요한 교육의 하나가 고전 읽기라는 확신이 드는 지점이다.

이런 필자의 확신을 뒷받침해주는 사례가 있다. 미국 세인트존스 대학은 대학 4년간 고전 100권을 읽고 토론하는 것으로 교육과정을 구성한다. 강의와 수업 대신 100% 토론으로 교육한다. 토론과 글쓰기를 통해 학생 스스로 자신만의 공부법을 터득한다. 생각하는 방법, 토론 능력, 에세이 작성법을 배운다. 토론을 통해 대화의 질을 향상시키고 다양한 시야를 확보한다. 스스로 질문을 정하고 답을 찾으면서 자신만의 생각을 정리한다.

이런 공부가 진짜 공부가 아닐까? 필자가 몇 년간 인문 고전 독서와 토론을 통해 변화와 성장을 경험했기에 학생들에게도 분명 긍정적인 변화가 있을 거라 확신하고 인문 고전 읽기를 시도해 보기로 했다. 국어 교사들은 이미 인문 고전을 수업에 많이 활용하고 있겠지만, 학년 부장으로서 학년 전체 학생들에게 점심시간을 활용한 책 읽기를 시도한다는 것이 생각만큼 그렇게 쉽지는 않았다.

단 한 명의 아이라도 긍정적인 변화를 이끌 수 있다면 그것만으로도 가치 있는 일이라고 나를 다독이며 프로젝트를 진행했다.

하루 1%, 15분. 변화의 시작!

인문 고전 읽기를 하자고 담임 선생님들과 학생들에게 말을 꺼내기가 쉽지는 않았다. 각 반 반장, 부반장으로 구성된 1학년 학생 자치회 학생들과 점심시간을 의미 있게 보내기 위해 어떤 활동을 하면 좋을지에 대해 먼저 의견을 나누었다. 중간고사 전까지는 중간고사 대비를 위한 멘토·멘티 활동을 진행했다. 모든 학생이 한 번은 멘토 역할을 하도록 했는데, 학생들의 자발적인 학급 활동이 익숙해질 때쯤 인문 고전 읽기를 시작했다. 교과 수업과 학원 과제만으로도 이미 빡빡한 하루를 보내고 있는 학생들에게 큰 부담 없이 점심시간을 이용해 하루 1%, 딱 15분만, 아니 10분만이라도 책 읽기에 할애할 수 있도록 제안했다. 이민규 교수는 〈하루 1%, 변화의 시작〉에서 다음과 같은 사실을 강조한다.

왜 1%가 중요한가? 인간과 침팬지의 유전자는 99%가 동일하다. 차이는 겨우 1%에 불과하다. 하지만 그 1%의 작은 차이 때문에 침

팬지는 인간과 완전히 다른 삶을 살게 된다. 변화에 실패한 사람과 성공한 사람의 차이도 마찬가지다. 거창한 차이가 아니라 1%의 작은 차이에 의해 변화의 성패가 결정되고 운명이 갈린다. 그 작은 1%를 바꿀 수만 있다면 변화와 혁신에 성공하고 인생을 바꿀 수 있다. 매일 하루 1%, 15분만 투자하자. 하루 1%만 잡아주면 나머지 99%는 저절로 달라진다. 우리의 몸은 시동만 걸어주면 저절로 작동되는 기계처럼 목표를 향해 스스로 움직인다. 하루 1%의 시도는 변화의 시작인 동시에 인생의 도미노 효과가 일어나는 시작점이 된다. 크게 바꾸고 싶은가? 그렇다면 작게 시도하라.

Change Big? Try Small! - 〈15일의 기적, 하루 1% 15일 프로젝트〉, 이민규 저

하루에 10분, 15분 책 읽는다고 뭐가 크게 달라지겠냐고 생각할지 모르겠지만, 10-15분을 집중해서 읽으면 20페이지 가량을 누구나 읽을 수 있다. 이렇게 한 시간 책을 읽으면 80-100쪽을 읽게 되고 낭비하는 조각 시간들을 모두 모으면 하루 3시간까지도 책을 읽을 수 있다. 독서력은 하나의 기술이라 연마할수록 조금씩 향상된다. 그렇다고 하루 3시간의 독서를 강요할 수는 없는 현실. 요즘 학생들은 방과 후 밤늦게까지 학원에 다니는 경우가 많아서 책 읽을 시간을 따로 내기가 힘들다. 아침 자습 시간, 점심시간, 쉬는 시간 짬을 내어 하루 15분, 아니 10분만이라도 책 읽기에 투자한다

면 분명 큰 변화가 있을 거라는 믿음으로 학생들에게 책 읽기를 권했다.

모모 씨를 부탁해!

인문 고전 읽기가 좋은 건 알겠는데 어떻게 적용할지가 문제였다. 2, 3학년 5교시 수업 시간이 1학년 점심시간이라 다른 학년에 방해되지 않게 학생들이 정숙을 유지해야 하는 상황을 역으로 이용해 보기로 했다. 아침 자습 시간이 10분뿐이라 책 읽을 시간이 마땅치 않았는데 점심시간을 이용할 수 있으니 잘됐다 싶기도 했다. 무작정 책부터 읽으라고 하기보다는 고전과 친숙해질 수 있는 시간이 필요할 것 같아 영상부터 활용해 보기로 했다. 2-3주간 인문 고전을 소개하는 영상을 보고 소감을 기록하는 활동을 가볍게 시작했고 이후 반별로 한 권의 책을 정해서 읽고 서로 바꿔보는 식으로 활동을 진행했다.

필자가 진행한 인문 고전 읽기의 프로젝트명을 '모모 씨를 부탁해!'로 정하였다. 학생들이 단순히 고전을 읽고 줄거리를 파악하는 데 그치는 것이 아니라, 인문 고전 속 등장인물의 상황에 공감하고 등장인물이 처한 문제의 해결책을 고민해 보는 과정을 거치면서 학생들이 실제로 자기의 삶에서 문제해결력을 키우기를 바랐다. 고전속에서 찾은 교훈을 자신의 삶에 녹여내어 실제로 적용해보는 것이야말로 진정한 독서의 효과가 아니겠는가. 인문 고전 읽기를 통해 공감 능력, 문제해결력, 자기 주도성 등 학생들이 다양한 역량을 기를 수 있을 거란 기대로 프로젝트를 시작했다.

'교사는 한 번에 한 아이를 바꿈으로써 세상을 바꾼다.'

233명의 학생 중 몇 퍼센트의 아이가 변화되면 그 활동이 성공한 활동이라고 할 수 있을까? 단 한 명의 학생이라도 바꿀 수 있다면, 단 한 명의 학생에게라도 효과가 있는 활동이라면 역으로 전체학생에게도 효과가 있지 않을까? 1년에 단 한 명의 학생이라도 나로 인해 변화할 수 있다면 그것이 나비효과가 되어 세상을 바꿀 수도 있다고 생각한다. 여러 학생을 직접 인터뷰한 결과 학생들이 인문 고전 읽기에 긍정적임을 알 수 있었는데 그중 몇 가지 사례를 정리해 본다.

배○○: 인문 고전 읽기와 필사를 하면서 내 행동이 다른 사람에게 피해를 줄 수도 있겠다는 생각을 했습니다. 책을 읽고 필사를 하다 보니 쓸데없는 소리를 하지 말아야겠다는 생각이 들었고 활동에 더 집중하게 되었어요.

박○○: 일단 책 한 권을 스스로의 힘으로 읽어내면서 독해력이 향상된 것 같습니다. 독서일지를 작성하고 선생님이 던진 질문에 답해보면서 자기 주도력이 길러진 것 같습니다. 고전을 읽으면서 옛 시대 상황에 대해서도 알 수 있었어요.

윤○○: 처음에는 고전 읽기가 지루하고 어려울 줄 알았는데 읽다 보니 책 내용이 재미있었고 독서일지 작성도 크게 어렵지 않고 유익했어요. 평소에 고전을 읽을 기회가 별로 없었는데 이번 활동을 통해서 지식도 쌓이고 생각도 깊어지는 것 같아서 앞으로도 이런 활동을 계속 해보고 싶어요.

고○○: 등장인물이 처한 상황에 대한 해결책을 생각해 보면서 내가 현실에서 그런 상황에 처한다면 어떻게 할지 생각해 보는 계기가 되었고, 책에서 얻은 교훈을 현실에 잘 활용해야겠다는 생각을 하게 되었습니다.

김○○: 끊임없이 도전하는 등장인물이 참 대단하고 멋지다는 생각을 했고 인문 고전에서 주는 교훈을 실생활에 잘 적용해야겠다는 생각을 했습니다.

특히 학기 초, 반 친구들과 갈등 상황이 빈번했던 한 학생은 고전 읽기와 필사를 통해 자신을 돌아볼 수 있는 계기가 되었다는 소감을 밝혔다. 초등학교 때부터 친구들에게 놀림을 많이 받던 학생이었는데, 자신의 행동이 다른 사람에게 방해가 될 수도 있겠다는 것을 책을 통해 깨닫게 되었다고 한다. 실제로 학기 초에 비해 수업 집중도도 높아지고 갈등 상황도 현저히 줄어든 것으로 관찰되어, 인문 고전 읽기의 효과에 대한 희망을 보여주는 사례라 하겠다.

책으로 엮기까지

앞서 정리했듯이 2022년 대략 7개월 동안 중학교 1학년 10개 반 233명의 학생이 1인당 총 10권의 인문 고전을 읽었다. 그중 필자가 담임을 맡은 학생 7명이 자신들이 읽은 책의 소감을 따로 정리해 보기로 했다. 평소 책을 읽으면서 와 닿는 문구와 소감을 패들렛이나 활동지에 지속적으로 기록을 하긴 했지만, 책을 내기 위한 글쓰기는 또 다른 과제였다. '구슬이 서 말이라도 꿰어야 보배'라는 말이 있듯이 하나하나 흩어진 글들을 한 권의 책으로 묶어내는 과정은 그만큼 의미가 있다고 생각한다. 화려하거나 잘 쓴 글들은 아니지만, 아이들의 진솔한 감정과 생각이 담겨있는 글들이라 애정이 간다. 그동안 읽고 쓴 글들을 키워드 중심으로 모아보기로 했다. 학생들이 뽑은 키워드는 '관계, 끈기, 성장, 용기, 자유' 이다. 아이들이 쓴 글을 읽으며 때로는 아이들의 솔직함에 웃음짓기도 했고,

때로는 깊이 있는 사고에 '중학교 1학년 학생들이 쓴 글이 맞나?' 감탄하며 읽기도 했다.

학생들이 책 한 권을 온전히 읽어냈다는 성취감뿐만 아니라, 학년 전체가 같은 책을 읽는 경험을 함으로써 친구들과의 대화 주제가 책에 관한 이야기가 되어 긍정적인 학년 분위기를 조성하는 데 도움이 되었다고 생각한다. 평소 문학작품이나 독서에 관심이 없었던 학생들도 학년 전체가 독서에 몰입하는 분위기 속에서 흥미를 가지고 참여하는 모습을 보였으며 독서를 통해 자기 주도력이 향상되었다고 소감을 밝힌 학생들이 많았다. 인문 고전 읽기를 국어 수업을 벗어난 학교 일과 중에 적용해봄으로써 인문 고전 읽기가 여러 형태로 학교 교육과정에 녹아들 수 있다는 가능성을 보게 되었다.

이 책이 중학교에서 인문 고전 읽기를 퍼뜨리는 하나의 계기가 되었으면 하는 바람이다. 독서 교육, 인성교육은 비단 특정 과목과 특정 활동에서만 이루어질 수 있는 것이 아님을 강조하고 싶다. 교사의, 학생들의 일상생활 속에 인문 고전 읽기가 자리 잡기를 바란다.

책은 가장 조용하고 변함 없는 벗이다.

책은 가장 쉽게 다가갈 수 있고 가장 현명한 상담자이자,

가장 인내심 있는 교사이다.

찰스 W. 엘리엇 (Charles W. Eliot)

제 1 장

관계

우정

(톰 소여의 모험)

이나현

난 톰 소여를 소개하고 싶다. 책을 읽는 시간동안은 나의 친구였으니까. 톰 소여는 미국 미시시피 강가에 사는 장난꾸러기 소년이다. 공동묘지, 강가, 동굴 등 미시시피 강가를 친구와 종횡무진 놀러 다니는 재밌는 친구다. 그래서 어른들에게 항상 걱정을 끼치고 혼이 나지만 그는 언제나 씩씩하고 용감하다. 톰 소여가 용감할 수 있는 이유는 똑똑하기도 하고 베짱도 있어서 인 것 같다.

하루는 이모님께서 담장에 페인트질을 하라는 벌을 주셨는데 페인트질에 흥미를 보이는 친구들에게 선물을 잔뜩 받고 대신 페인트질을 하게 시키기도 했다. 나라면 절대 톰 소여에게 당하지 않았겠지만 미국 친구들 눈엔 되게 재밌어 보였나보다. 난 그보다 친구들이 톰 소여에게 준 선물들이 더 흥미로운데…

톰 소여에겐 여자 친구 베키도 있다. 베키는 전학 온지 얼마 안된 새로운 친구인데 항상 친절하고 상냥해서 톰 소여가 좋아한다. 톰 소여는 베키를 데리고 강에도 놀러가고 동굴탐험도 같이 한다. 동굴에서 길을 잃고 갇힐 뻔 했지만 톰 소여는 포기하지 않고 겁에 질린 베키를 격려해주면서 무사히 동굴 밖으로 나왔다. 난 톰 소여의 용기가 너무 멋있어서 나도 친구들과 함께 동굴 체험을 할 수 있는 기회가 없을까 심각하게 고민하기도 했다. 진짜 나의 경험이라면 트라우마가 생길 정도로 목숨이 위험한 상황이었겠지… 하지만 죽을 때 까지 계속 우려먹을 만한 추억이 생긴 톰 소여와 베키가 너무 부러웠고 난 절대 할 수 없는 일 같아서 아쉽기도 하다.

톰 소여는 공동묘지에서 살인범을 목격했다. 살인범에게 해코지를 당할까봐 정말 겁이 났을 텐데도 억울한 사람이 누명을 쓰게 되니 이를 참을 수 없었다. 그래서 용감하게 법원에서 증언을 했다. 겁도 나고 본인이 위험해질 수도 있는 상황인데 참고 다른 사람을 위해 증언을 하는 톰 소여는 굉장히 멋있었다. 이 정도면 베스트 프렌드가 될 수 있을 만큼 믿을 수 있는 친구이다. 난 톰 소여가 굉장히 마음에 들었다. 이런 친구와 하루 종일 미시시피 강가를 누비며 놀러 다니면 얼마나 신나고 재미있을까? 정말 두근두근 멋진 일이다.

마지막 백미는 톰 소여와 친구들이 함께 살인범이 숨겨둔 보물 상자를 동굴에서 찾는 일이다. 톰 소여와 친구 허크가 살인범 조가 숨긴 보물 상자를 찾아 동굴 안으로 들어갔지만 이미 내 마음은 나, 톰 소여, 허크 3총사가 동굴 안으로 들어가는 것처럼 흥분이 되었다. 금돈이 가득 든 보물 상자를 가지고 마을로 간 친구들은 동네사람들에게 꼬마영웅이라며 칭찬을 듬뿍 들었다. 정말 행복했다. 개구쟁이여서 항상 동네 어른들에게 혼이 났지만 이제는 모든 동네 어른들이 용감한 아이라고 칭찬을 해주자 내 마음도 흐뭇했다.

　마지막엔 정말 감동의 눈물을 흘리게 되었다. 멋진 친구, 톰 소여는 허크의 진정한 베스트 프렌드였다. 마을을 떠나는 허크에게 축복을 빌어주면서 본인의 모든 돈을 준 것이다. 역시 톰 소여는 멋있다. 최고다. 학교와 학원을 매일 다니는 따분한 내 일상에도 톰 소여 같은 멋진 친구와 신나는 추억을 만들 수 있는 기회가 꼭 생겼으면 좋겠다.

당신의 수레에는 무엇이 들어있습니까

(수레바퀴 아래서)

윤혜린

인문고전 읽기 활동 시작이 「수레바퀴 아래서」여서 책이 두껍기도 하고 고전은 처음이라서 지루하고 재미없을 줄 알았는데 막상 책을 펼쳐보니 내용도 재밌고 흥미진진하고 좋은 말들이 많아서 한 달 동안 읽지 않으려고 미뤘던 책을 일주일 만에 다 읽어버렸다.

「수레바퀴 아래서」의 대략적인 줄거리는 천재적인 두뇌를 가지고 작은 마을에서 태어난 소년 '한스'가 신학교에 입학해서 생기는 여러 일들과 결국에는 비극적인 결말을 맞는 이야기이다. 이 책을 읽으면서 주인공 '한스'에게 공감이 많이 갔는데 왜냐하면 '한스'의 나이대가 우리와 비슷한 것 같아서 '한스'의 마음이나 행동에 공감이 많이 갔기 때문이다. 특히 '한스'가 신학교에 입학했을 때 중학교 처음 입학했을 때와 굉장히 비슷한 마음이여서 공감이 많이 갔는데 공부에 대한 부담감이나 친구관계 등등 여러 부분에서 나와 비슷한 점이 많았고 그래서 더더욱 '한스'에게 공감이 잘 갔다.

또한 「수레바퀴 아래서」를 읽고 전체적인 느낀 점은 '한스'가 천재적인 두뇌를 가졌음에도 자신이 하고 싶은 것을 하지 못하고 오로지 공부만 한다는 게 너무 안쓰럽고 불쌍했다. '한스'의 나이가 우리와 비슷한 중고등학생 같은데 방학에도 놀지 않고 공부한다는 게 한편으로 대단하기도 했다. 주변 어른들이 '한스'를 조금만 더 신경 쓰고 챙겨줬다면 '한스'가 세상을 떠나지는 않았을 것 같아서 안쓰럽고 내가 '한스'의 주변 어른 중에 한명이었으면 '한스'를 챙겨 주고 싶은 마음이 들었다. '한스'의 노력과 끈기는 본받아야 된다고 생각하지만 쉬지도 않고 달려가는 것은 좋지 않다고 생각한다. 그래서 이 책을 읽고 배운 점은 열심히 일하고 공부하는 것도 좋지만 어느 정도의 휴식도 필요하다는 것이다. '한스'처럼 열심히 할 일을 하면서 살면서도 내가 좋아하는 것이 뭔지 알고 그 일을 하면서 취미생활을 즐기고 싶다.

나는 이 책에서 물론 주인공인 '한스'에게도 관심이 갔지만, '한스'가 수도원에서 만난 '하일너'라는 소년이 더욱 신경 쓰였다. 왜냐하면 '한스'가 공부에 손을 놓게 만든 결정적인 원인이었기 때문에 '한스'가 계속 '하일너'와 같이 다니는 장면들을 보고 걱정이 되었기 때문이다. '한스'가 '하일너'와 어울리면서 행복한 것은 좋지만 '하일너'와 너무 붙어 다니면서 학업에 신경을 거의 못썼기 때문에 걱정이 되었다. 「수레바퀴 아래서」를 읽으면서 내 마음에 와 닿았던 문장은 "아무튼 지치지 않도록 해야 하네. 그렇지 않으면 수레바퀴 아래 깔리게 될지도 모르니"라는 문장이다. 공부에 지칠 대로 지친 '한스'에게 위로가 되는 말 같았고 그와 동시에 '한스' 뿐만 아닌 나까지 위로를 받았기 때문이다.

중학교에 올라와서 할 일도 많아지고 적응하지 못하여 어지러웠는데 이 말을 들으니 조금은 쉬어도 된다는 느낌을 받았다. 그러니 앞서 말했던 것처럼 '한스'처럼 일을 할 때는 하고 "아무튼 지치지 않도록 해야 하네. 그렇지 않으면 수레바퀴 아래 깔리게 될지도 모르니"라는 말처럼 쉴 때는 쉬는 나 자신이 되고 싶다. 또한 "그렇지 않으면 수레바퀴 아래 깔리게 될지도 모르니"라는 문장이 「수레바퀴 아래서」를 대표하여 나타낸다고 생각했다. 많은 부담감과 책임감을 자신의 수레에 가지고 다니던 '한스'가 결국에는 수레의 무게를 견디지 못하고 깔려 세상을 떠났다고 생각했기 때문이다. 평소에 책을 좋아하는 편이 아니라 첫 고전읽기 활동을 잘 할 수 있을까 걱정했는데 첫 단추를 잘 꿰맨 것 같아서 기쁘다.

인간관계에 대한 가르침

(어린 왕자)

박시현

「어린 왕자」는 먼 우주에 있는 자신의 별에서 떠나온 한 소년의 이야기인데, 줄거리는 대략 이렇습니다. 이 책의 화자인 비행기 조종사는 어느 날 비행기를 타다가 사막에 추락하게 되고, 그곳에서 다른 별에서 온 어린아이를 만나게 됩니다. 그리고 비행기 조종사는 그 아이를 '어린 왕자'라고 부르며, 어린 왕자가 겪은 일들에 대한 이야기가 나옵니다. 그 후 비행기 조종사는 자신의 망가진 비행기를 다 고치고, 어린 왕자와는 헤어지는 것으로 끝이 납니다.

제가 이 책을 읽으면서 가장 인상 깊었던 구절은 어린 왕자가 지구에서 만난 여우가 어린 왕자에게 해 준 말인 "가령 오후 4시에 네가 온다면 나는 3시부터 행복해지기 시작할 거야. 시간이 갈수록 난 더 행복해질 거야. 4시가 되면, 벌써, 나는 안달이 나서 안절부절못하게 될 거야!"입니다.

저는 이 구절을 읽고 많은 생각이 들었습니다. 왜냐하면 이 말을 한 여우는 어린 왕자에게 '길들인다'라는 말의 의미를 알려주었으며, 어린 왕자에게 진정한 인간관계가 무엇인지 알려주는 역할을 했기 때문입니다. 따라서 저는 이 구절에 '길들인다'라는 말의 의미를 알고 있으며 어린 왕자에게 진정한 인간관계가 무엇인지 알려주고자 하는 여우의 의도가 잘 드러나 있다고 생각했습니다.

제가 이 책을 읽으며 인상 깊었던 장면은 세 장면이 있는데, 첫 번째 장면은 어린 왕자가 다른 별들로 여행을 떠나는 장면입니다. 어린 왕자는 다른 별들로 여행을 떠나고 다양한 사람들을 만나는데, 어린 왕자는 그들의 행동을 이상하다고 생각하며 이해하지 못하는 모습을 보입니다. 그 별들에는 각각 왕, 허풍쟁이, 술꾼, 사업가, 가로등을 켜는 사람, 지리학자가 살고 있었는데, 그들은 모두 여우가 말한 진정한 인간관계에 대한 의미를 모른 채로 의미 없는 삶을 산다는 공통점이 있습니다. 그래서 저는 어린 왕자가 그들의 행동을 이해하지 못하는 것에 공감이 갔습니다.

그리고 두 번째 장면은 어린 왕자가 뱀을 만나는 장면입니다. 어린 왕자는 지구에 도착해서 가장 먼저 뱀을 만나는데, 어린 왕자와 대화를 나누던 뱀은 "누구든지 내가 건드리기만 하면 자기가 태어난 땅으로 돌아가지."라는 의미심장한 말을 합니다. 제가 처음 이 말을 읽었을 때는 이 말의 의미를 잘 알지 못했습니다. 하지만 마지막 부분을 보고 저는 이 말의 의미를 알게 되었습니다. '내가 건드린다'라는 말은 자신이 그 사람을 문다는 뜻이고, '자기가 태어난 땅으로 돌아가지'라는 말은 죽는다는 뜻이므로 뱀이 한 말은 자신이 물기만 하면 누구든지 죽게 할 수 있다는 의미였던 것입니다! 그리고 마지막에 어린 왕자가 뱀에게 물리는 장면을 보고, 제 생각은 더욱 확실해졌습니다.

마지막으로 세 번째 장면은 어린 왕자가 지구에서 여우를 만나는 장면입니다. 어린 왕자가 지구에 도착했을 때 그는 장미꽃이 5천 송이나 있는 정원을 보게 됩니다. 그리고 어린 왕자는 절망합니다. 왜냐하면 그는 자신의 별에서 장미를 키우면서, 자신의 장미는 세상에서 하나뿐인 꽃이라고 생각하며 살았기 때문이었습니다. 그러던 중 울고 있는 그에게 여우가 나타납니다. 어린 왕자는 여우에게 같이 놀자고 했지만 여우는 '길들여지지 않아서' 놀 수 없다고 말합니다. 그리고 여우는 어린 왕자에게 진정한 인간관계에 대한 것들을 알려줍니다. 그때 제가 위에서 언급한 구절이 나옵니다. "가령 오후 4시에 네가 온다면 나는 3시부터 행복해지기 시작할 거야."는 바로 이 장면에서 나온 말이었던 것입니다.

제가 이 책을 읽으며 느낀 점이 있습니다. 어린 왕자가 방문한 별에 있던 사람들이 의미 없는 행동만 반복하는 모습을 보고 정말 어리석은 것 같다는 생각이 들었지만, 한편으로는 그 모습이 마치 현재 사회의 모습과 비슷하다고 느낀 것입니다. 이에 따라 저는 시간과 노력이 들더라도 저에게, 또는 다른 사람들에게 조금이나마 의미가 있는 일들을 해야겠다고 다짐했습니다. 또한 제가 만약 그 별들에 사는 사람들을 방문할 수 있다면, 자신만 챙기고 의미 없는 삶을 살기보다는 주위의 것들을 진심으로 아끼며 살아가라고 말해주고 싶습니다.

중요한 것은 눈으로 볼 수 없다

(어린 왕자)

오수빈

「어린 왕자」라는 책은 내가 어린 시절에 자주 접했던 책이어서 줄거리를 거의 알고 있었다. 하지만 어린 왕자가 깨달은 게 무엇인지 진정한 의미를 더 찾아보고자 가벼운 마음으로 어린 왕자의 마음 속으로 들어가기 시작했다. 비행기를 타고 아프리카 사막을 여행하고 있던 조종사가 비행기 고장으로 사막에 불시착을 하게 되었다. 아무도 없을 것 같았던 사막에서 우연히 어린 왕자를 만나게 된다. 어린 왕자는 아주 작은 행성에서 살던 소년이었다. 그 행성에는 장미꽃도 한 송이 살고 있었는데 어린 왕자는 장미꽃의 이야기를 들으며 그 꽃에게 사랑에 빠지게 되었다. 하지만 까칠한 장미에게 상처를 받은 어린 왕자는 다른 별로 여행을 떠나기로 결심했다.

여러 별을 여행하며 사람들을 만나는데 어린 왕자는 그들 모두가 이해할 수 없는 생각과 행동을 하고 있다고 생각했다. 그리고 지구에서 수많은 장미를 만났다. 어린 왕자는 여우의 도움으로 세상에는 같은 장미가 있지만 어린 왕자가 아끼며 돌보던 장미는 이 세상이 하나밖에 없음을 깨달았다. 그래서 자기의 별로 돌아갈 것을 결심했다. 비행기 수리를 끝낸 조종사가 어린 왕자에게 같이 떠나자고 권유하지만 어린 왕자는 장미를 돌봐주러 가야겠다고 말하며 뱀의 독을 이용하여 지구를 떠났다. 조종사는 하늘의 수많은 별들을 볼 때마다 어린 왕자가 어딘가에 살고 있으리라는 희망을 품었다.

어린 왕자는 어른들이 어른답지 않다고 생각하며 비판했다. 처음에는 왜 그런 삐딱한 시선으로 어른들을 바라보는 거지? 라고 생각했다. 하지만 책을 읽으면서 사회가 물질적 중심으로 흘러가고 있는 것을 알게 되었으며 어른들은 거기에 얽매이며 살고 있다는 것도 느낄 수 있었다. 그래서 어린 왕자의 마음을 이해할 수 있었다. 또한 내면을 들여다보지 않고 외적으로 보이는 것만 신경 씀으로써 삶을 살아가는데 진정으로 소중한 가치를 곁에서 잃고 있다는 것도 깨달았다. 어른들이 어린 왕자의 꿈을 존중해주지 않고 다른 직업을 권유한 게 이해가 되지 않았다. '나'는 내가 제일 잘 아는 법이며 그 누구도 내가 바라는 나의 미래에 대해 지적할 권리가 없다고 생각하기 때문이다. 누구든 자기가 하고 싶은 것을 할 때 쾌락을 느끼고 즐거움이 증폭되는데 내가 품고 있는 꿈을 못하게 막는 것은 다른 사람의 인생의 행복을 빼앗는 것과 마찬가지라고 생각했다.

어린 왕자가 첫 번째로 그린 그림은 보아뱀에게 먹힌 코끼리였다. 나는 이 그림을 보고 당연히 그냥 평범한 모자일 것이라고 생각했다. 이 그림을 통해 내가 본질적인 것을 보지 않고 눈에 보이는 것만 보며 살아가고 있다는 것을 깨닫게 되었고 나 자신에 대해 반성하게 되었다. 그래서 고정관념에서 벗어나 새로운 시선으로 세상을 바라봐야겠다고 다짐했다. 나 자신을 되돌아보고 나니 '마음으로 보아야만 잘 보인다. 중요한 것은 눈으로는 보이지 않는다.'라는 말이 무슨 뜻인지 알 것 같았다. 어린 왕자가 가지고 있는 순수하고 맑은 영혼으로 세상을 살아가는 방법을 배울 필요가 있다고 느꼈다.

내가 인상 깊게 생각하는 등장인물은 여우이다. 왜냐하면 여우는 어린 왕자에게 길들임이라는 소중한 가치를 알려주었기 때문이다. 그리고 겉으로는 똑같아보여도 길들인 것과 아닌 것의 차이를 깨닫게 해준 동물이었기 때문이다. 나는 어린 왕자가 사랑에 빠졌던 장미와 지구상에서 본 수많은 장미가 다를 게 없다고 생각했다. 하지만 이 책을 읽고 나도 여우에게 진정한 길들임의 가치를 배운 것 같다. 길들이기 위해서는 그만큼 자신의 정성과 노력을 쏟기 때문에 길들이지 않은 것과 다른 특별함이 느껴지는 것 같다고 생각했다. 여우는 자신이 길들여지게 된다면 서로의 관계가 특별해지고 서로를 필요로 하게 된다고 말했다. 이 말을 듣고 나는 사람들과 관계 맺는 것을 가볍게 생각하지 말고 소중하게 여겨야겠다고 생각했다. 나는 상대방에게 필요 있는 사람이 되기 위해서 마음이 따뜻하고 신망이 두터운 사람이 되어야겠다고 다짐했다.

    내가 이 책을 읽으면서 가장 기억에 남았던 구절은 "가령 오후 4시에 네가 온다면 나는 3시부터 행복해지기 시작할 거야. 시간이 갈수록 난 더 행복해질 거야. 4시가 되면, 벌써, 나는 안달이 나서 안절부절 못하게 될 거야!" 이다. 왜냐하면 나를 보고 싶어 해주는 사람이 있다는 그 자체로도 고마운데 내가 오기 1시간 전부터 나를 애타게 기다려주는 것을 인상 깊게 생각했기 때문이다. 나를 통해 행복을 얻는 사람이 생긴다는 것은 엄청 대단하고 어려운 일이라고 생각했다. 또한 '세상에서 가장 어려운 일은 사람이 사람의 마음을 얻는 일이다.' 라는 문장을 보고도 알 수 있었다. 그래서 나는 다른 사람에게 행복을 주는 사람이 되기 위해 나의 부족한 점을 보완하며 진실된 사랑을 주는 방법을 배워야 한다고 느꼈다.

    어린 왕자 책을 읽기 전과 읽은 후의 나의 태도와 생각은 완전히 바뀌었다. 물질적으로 돌아가는 사회를 비판하는 시선을 가지게 해주고 내가 색안경을 끼지 않고 세상을 볼 수 있게 만들어 주었다. 편견과 고정관념을 가지지 않고 세상을 바라볼 수 있는 넓은 시각을 가져야 한다는 것을 말이다.

길들인다는 것

(어린 왕자)

고대현

    나는 「어린 왕자」라는 책을 받고 이 책의 내용을 알고 있었지만 너무 오래전에 읽었던 책이라 오랜만에 다시 읽어보았다. 이 책에는 어린 왕자라는 다른 별에 사는 등장인물이 나온다. 어린 왕자는 B612라는 혹성에 사는데 그 별에서 만난 장미와 사랑을 느끼지만 장미는 상처만 준다. 그때 다른 별에서 온 사업가의 말을 듣고 다른 별을 여행하면 장미의 행동을 이해할 수 있을 거라는 믿음에 여행을 떠난다. 어린 왕자는 다양한 별에서 자신의 권위가 무엇보다 중요했던 어느 왕, 자기를 칭찬하는 말 이외에는 들으려 하지 않는 허영심 많은 사람, 술 마시는 것이 부끄럽지만 그것을 잊기 위해 다시 술을 마신다는 술꾼, 하늘에 보이는 5억 개의 별이 모두 자기 것이라 주장하는 과대망상증 상인, 그리고 별이 작아서 그럴 필요가 없는데도 계속 1분마다 불을 켜고 끄는 이상한 사람, 지리학자지만 한 번도 산과 강을 본 적이 없다는 지리학자를 만난다. 어린 왕자는 저 사람들을 만난 후 마지막으로 지구라는 별에 도착해 지구의 많은 꽃과 여우를 만나며 여우에게 세상에는 많은 장미가 있지만 자신이 아끼는 장미는 하나뿐이라는 사실을 깨닫고 자신의 별로 돌아간다.

내가 이 책을 읽으며 「어린 왕자」에는 많은 명언들이 있었지만 그 중 내가 가장 맘에 드는 문구는 "세상에서 가장 어려운 일은 사람이 사람의 마음을 얻는 일이다."라는 문구이다. 왜냐하면 나도 이때까지 오래 살며 많은 사람을 만나진 못했지만 그래도 사람의 마음을 얻는 것이 매우 어렵다고 생각했기 때문이다. 그리고 어린왕자가 다른 별로 여행을 떠나고 다른 별에서 이상한 사람들을 만나며 별 쓸모없는 일들만 계속 겪는 것을 보고 나 같으면 포기하고 나의 별로 돌아갔을 것 같은데 어린 왕자는 장미의 마음을 알게 될 것이라는 신념 하나로 계속 다른 별로 떠나는 것이 대단하다고 생각했고, 결국 어린 왕자가 지구에서 여우를 만나며 길들이는 것이 어렵다는 것과 자신의 장미가 제일 소중하다는 것을 깨닫고 자신의 별로 돌아가는 것을 보고 나도 인생에서 여우 같이 나에게 가르침을 주는 사람을 만나고 싶다고 생각했다.

또 어린 왕자는 장미를 사랑하는데 장미는 상처를 주는 것을 보고 장미가 나쁘다고 생각하는 한편 장미의 마음에도 조금 공감이 갔다. 왜냐하면 장미는 어린 왕자가 별을 떠나는 것을 보고 가지 말라고 말을 했고 나도 나의 마음을 다른 사람들에게 잘 표현하지 않고 내 마음속에만 담아두는 장면이 비슷하다고 생각했기 때문이다. 그리고 나는 어린 왕자를 읽으며 굉장히 명언이 많고 인생을 살아가며 나에게 도움이 되는 명언들이 많다고 생각했고 나도 그것을 마음에 깊이 새겨두며 힘든 일이 있을 때마다 그런 문구들을 생각하며 힘을 내야겠다고 생각했다.

내가 이 책에서 가장 인상 깊었던 장면은 어린 왕자가 마지막에 뱀에게 물리는 장면이다. 왜냐하면 나는 그때 어린 왕자가 죽은 줄 알았지만 죽고 난 후 자신의 별로 다시 돌아가 자신의 소중한 장미를 만나기 위한 행동이라는 것을 깨닫고 굉장히 감동적이었다. 어린 왕자가 꼭 자신의 별로 돌아가 장미를 만나 행복하게 살았으면 좋겠다고 생각했다. 나는 이 책을 읽으며 사랑에 대해 깨닫게 된 것 같고 어린 왕자가 깨달은 것을 나도 깨닫고 인생을 살아가고 싶다고 생각했다.

새싹이 트는 진정한 의미

(레 미제라블)

오수빈

「레 미제라블」이라는 책을 받았을 때 굉장히 반가운 느낌을 받았다. 왜냐하면 「레 미제라블」은 책 뿐만 아니라 뮤지컬로도 인기가 많아서 접할 기회가 많았기 때문이다. 그리고 여러 가지 인문 고전 책 중에 「레 미제라블」이라는 책을 제일 기대했기 때문이다. 그래서 책에 대해 깊은 관심을 가지고 책 제목이 무엇을 의미하는지 궁금해서 찾아보니 가난하고 비참한 사람들이라는 뜻이었다. 가난한 사람들의 시점에서 어떤 이야기를 풀어나갈지 설레임을 품고 책을 조심스레 넘기기 시작했다.

「레 미제라블」은 주인공이자 빵을 훔친 죄인 장 발장과 경감인 자베르의 추격전, 코제트와 마리우스의 사랑이야기, 프랑스 혁명 등 여러 가지 주제를 다뤘다. 장 발장은 배고픈 조카를 위해 빵을 훔쳤다. 그는 19년간 감옥살이를 하다가 가석방 중에 도망쳐 새 삶을 살아간다. 시장이 된 장 발장은 자신의 실수로 부당하게 해고당한 팡틴을 도와주었고 그녀의 딸을 거둬들였다. 장 발장은 자베르를 피하고자 코제트와 떠돌아다니던 도중 프랑스 혁명의 봉기에 휩쓸렸다. 그 봉기 속에서 장 발장은 자베르와 마리우스를 도와준다. 자베르는 죄인이 자신의 목숨을 구했다는 수치스러움으로 인해 자결했다. 마리우스와 코제트는 결혼식을 올렸다. 둘의 행복에 끼어들 수 없다고 생각한 장 발장은 코제트에게 용서를 빈 뒤 떠났다. 그리고 나서 코제트는 장 발장을 용서했다.

　나는 이 책의 주제가 용서라고 생각했다. 왜냐하면 스스로를 용서하지 못한 장 발장은 마지막에 마리우스와 코제트의 용서를 통해 비록 늦었지만 죄책감으로부터 해방된 모습을 보였기 때문이다. 그래서 이 책이 우리에게 용서와 용납이 서로를 고통에서 구원해주는 핵심요소라는 것을 전달하기 위해서 쓰였다고 생각했다. 타인을 용서하는데 관대했던 장 발장은 정작 자기 자신의 과거를 용서하는데 있어서는 인색한 모습을 보였다. 이러한 장 발장의 행동이 나와 비슷하다고 느꼈다. 나는 상대방이 잘못을 해도 나의 감정을 드러내지 않으며 속으로 생각하는 편이다. 그리고 진심 어린 사과를 했을 때는 그럴 만한 사정이 있다고 생각하며 넓은 포용력으로 상대방의 잘못을 받아들이고 이해하려고 노력한다. 반면 나에 대한 기준은 높아서 내가 그 기준에 미치지 못하였을 때 많이 자책하고 혼자 힘들어한다. 그리고 나의 과거를 인정하지 못하고 자꾸 되새김질 하며 용서하지 못한다. 그런데 이 책을 통해 내가 나를 용서하지 못하는 행동이 나 자신을 힘들게 하는 행동이라는 것을 알게 되었다. 앞으로는 남에게만 관대한 태도를 가지지 말고 나 자신을 용서하며 이 또한 성장하는 것이라고 생각할 것이다.

나는 이 책의 등장인물 중에서 팡틴을 가장 인상 깊게 보았다. 왜냐하면 자신의 딸에게 돈을 주기 위해 머리카락을 자르고, 어금니를 뽑는 등 많은 희생을 했기 때문이다. 나중에 코제트가 이 사실을 알게 되면 어떤 행동을 보일지 추측해봤다. 아마 엄마가 한 숭고한 희생을 지켜보며 머무르기 보다는 옆에서 같이 해쳐나가는 태도를 보였을 것 같다고 생각했다. 만약 내가 그런 상황에 놓였다면 내 목숨보다 소중한 나의 자식을 위해서 몸을 아끼지 않으며 아이를 지켜낼 것이다. 바른 길로 인도해주시고 사랑을 아낌없이 나눠주신 부모님께 감사함을 느끼게 되었다.

나는 장 발장이 새로운 인생을 살아갈 수 있게 만들어준 삶의 원동력은 코제트라고 생각했다. 왜냐하면 장 발장이 가지고 있는 모든 것을 다 쏟아 부어 코제트를 진심으로 돌보았고 그에 따른 책임감도 지닐 수 있었기 때문이다. 하지만 시간이 지날수록 자신이 죄인임을 모른 채 따르는 코제트에게 미안함과 죄책감은 커져만 갔다. 내가 사랑하는 사람을 속인다는 것은 심리적으로 매우 힘든 일이라는 것을 깨달았다. 그래서 나는 누구에게든 떳떳하고 바람직한 사람이 되어서 막힘없는 세상을 살아가야겠다고 다짐했다.

　이 책에서 가장 마음에 와 닿은 구절은 "인생에 있어서 최고의 행복은 우리가 사랑 받고 있다는 확신이다." 라는 구절이다. 왜냐 하면 나는 사랑을 받는 것을 당연하게 생각했기 때문이다. 그래서 사랑을 당연시 여겼던 나를 반성하게 해 주었다. 또한 행복에 대한 진정한 의미를 다시 생각해볼 기회를 가질 수 있었다. 또한 나 자신을 용서하는 태도를 가지고 타인의 잘못도 너그럽게 용서하며 함께 살아가야 한다는 것도 말이다. 양심에 어긋나는 행동을 하지 않을 것이며 신망이 두텁고 타인에게 인정받는 사람이 되어야 하지 않을까.

한스와 수레바퀴의 관계

(수레바퀴 아래서)

오대송

한스 기벤라트는 초급 신학교 시험을 보게 된다. 떨어지게 되면 평소에 무시하던 치즈가게 수습사원이나 하게 될 형편이었다. 한스는 시험을 보고 매우 긴장했고 결과를 예측할 수 없었지만 2등으로 합격하게 된다. 그리고 한스는 기숙사에서 친구들에 대해 알아가게 되고 그 중에서 시인 하일러에게 관심을 갖게 된다. 하일러는 한스에게 자유를 알게 해준다. 다른 기숙사에 살고 있던 힌딩거가 사라지고 죽은 채로 발견되어 장례를 치르게 된다.

하일러는 도망사건으로 인해 퇴학을 당하였고, 이후 한스는 비뚤어지기 시작하였다. 그리고 결국 한스는 친구 아우구스트의 도움으로 기계공으로 일하게 된다. 어느 날 밤 술에 취한 한스는 죽은 채로 발견되며 소설은 끝이 난다. 나는 아직까지 한스가 무슨 일로 죽게 되었는지 궁금하다.

이 작품에서 제일 기억에 남는 문구는 "그래야지, 기운이 빠져서는 안 돼. 그렇게 되면 수레바퀴 아래에 깔리고 말거야.(96쪽)"라는 문장이다. 그 이유는 기운이 빠지면 정신도 잘 못 차리고 힘드니까 모든 걸 할 수 없게 된다는 의미 같아서 기억에 남은 것 같다.

내가 한스에게 본받고 싶은 점과 느낀 점은 한스가 정말 좋은 머리를 가졌지만 자신이 하고 싶은 것을 못하고 공부만 한다는 것이 너무 불쌍하고 안쓰러웠다. 그리고 한스는 우리와 같은 중학생 같이 보였는데 나와 다르게 열심히 노력하고 공부하는 모습을 너무 본받고 싶었다. 그리고 내가 한스에게 갈 수 있다면 내가 꼭 한스에게 좋은 친구가 되어 위로를 해주고 싶다.

이 책을 읽으며 한스의 아버지가 한스에게 공부를 강요하는 문제를 꼭 해결해 주고 싶다고 생각하게 되었다. 한스의 아버지가 한스의 마음을 이해해주고 위로해 주었다면 한스는 조금이라도 멋지고 자유로운 삶을 살 수 있을 것이라 생각한다. 내가 저자에게 하고 싶은 말은, '왜 한스가 죽은 것인가요? 왜 책의 제목이 수레바퀴 아래서 인가요?'이다.

내가 한스에게 하고 싶은 말은, "한스야, 너는 정말 좋은 머리를 가졌지만 아버지가 너의 마음을 이해하지 못하고 공부를 강요해서 많은 스트레스와 너의 자유가 빼앗겼다고 느꼈을 수 도 있을 것 같아 많이 위로해주고 싶었어, 너에게 다음 생이 있다면 꼭 너의 마음대로 너의 세상을 살아가며 좋은 추억들도 많이 쌓았으면 좋겠어!"

알을 깨고 나온다는 것

(데미안)

오수빈

「데미안」이라는 책은 청소년들 사이에서 유명하고 청소년기에 한 번쯤은 꼭 읽어야 되는 책이라며 극찬 받고 있다. 그래서 나도 따로 빌려서 읽어보려던 찰나 학교에서 인문고전 활동을 할 때 「데미안」이라는 책을 받게 되었다. 이 책의 저자가 헤르만 헤세인데 나는 「수레바퀴 아래서」를 감명 깊게 읽었기 때문에 「데미안」이라는 책에 조금 더 관심을 가지고 읽기 시작했다.

싱클레어라는 남자아이가 불량한 친구들 사이에서 경험담 말하기를 하다가 과수원에서 사과를 훔쳤다는 거짓말을 했다. 그는 선의 세계인 자신의 집에서 벗어나 악의 세계에 발을 들이게 되며 하루하루를 고통스럽게 지냈다. 데미안으로 인해 크로머의 노예에서 빠져나오게 되었다. 상급학교로 전학을 가게 되지만 싱클레어의 방탕한 생활은 멈추지 않았다. 도중 싱클레어는 우연히 만난 소녀에게 첫눈에 반하게 되었다. 그래서 그녀를 위해 술도 끊고, 더 이상 밤거리도 다니지 않았다. 베아트리체를 그리기 위해 손이 가는 대로 종이에 얼굴을 그렸는데 그것은 바로 데미안이었다. 그는 자기도 모르게 데미안을 그리워하고 있었다. 싱클레어는 데미안에게 자신의 꿈을 그림으로 그려 보내게 되었다. 데미안은 답장을 보냈고, 그 답장에는 "새는 알에서 나오려고 투쟁한다. 알은 세계이다. 태어나려는 자는 하나의 세계를 깨뜨려야 한다. 새는 신에게로 날아간다. 신의 이름은 아브락사스."라고 적어 보냈다.

책에서는 싱클레어가 유년 시절에 크로머처럼 악의 세계에 사는 사람으로부터 고통받고, 성장한 후에 스스로 자책을 하며 사는 모습이 나온다. 나는 그 모습들을 보며 모든 인간의 삶은 비슷하고 또는 공통되는 요소들을 가지고 있다고 생각을 했다. 하지만 여러 방황과 고통 속에서 싱클레어는 올바른 길이 무엇인지 판단했으며 성장하기 위해 알을 깨고 나온 것이 대단하다고 생각했다. 대체적으로 나쁜 영향을 주는 친구가 곁에 있으면 나를 주체하기가 어렵기 때문이다.

그래서 싱클레어가 성장할 때 데미안이라는 조력자가 많은 도움이 되었기에 올바른 길로 나갈 수 있었다고 생각했다. 나 자신이 성숙한 인간으로 성장하기 위해서 받는 도움은 값으로 매길 수 없을 만큼 소중하다고 느꼈다. 내가 힘들 때 보살펴주고 도덕적 옳고 그름을 판단해줄 상대가 옆에 있는 것은 행복한 일이기 때문이다. 하지만 "그는 한동안 나를 인도했지만, 나는 인도자인 그를 넘어 그를 두고 떠나야했다."라는 구절을 보고 내 곁을 지켜주며 지도해줄 수 있는 기한이 한정적인 것을 깨달았다. 그래서 자기개발을 하고 성찰을 하며 독립적으로 살아갈 필요가 있다는 것을 알게 되었다.

데미안은 싱클레어에게 세상에는 두 가지의 속성이 존재하고 있음을 알려주었다. 그리고 두 가지 속성 모두 피하지 말고 직면하라고 말해준다. 나는 매번 좋은 기억만 떠올리면서 비겁하고 이기적인 나 자신을 잊고 좋은 사람이 되려고 노력했다. 그런데 이 말을 통해 실패한 과거도 나의 인생 중 한 부분이고 경험을 통해 성장하여 더욱 내면이 단단한 사람이 될 수 있다는 것을 깨달았다. 그래서 좋다 안 좋다 하는 잣대를 버리고 있는 그대로 세상을 넓게 바라보며 정답을 내리지 않기로 다짐했다.

이 책은 나에게 성장해야 되는 이유에 대해 생각해 볼 기회를 가질 수 있게 해주었다.

즉, 다시 말해 세상을 혼자 살아가는 것이 아니고 다함께 꾸려나가는 사회이기 때문에 개인의 역량이 중요하므로 발전해 나아가야 된다는 것이다. 또한 사회 구성원들 간의 소통을 하기 위해서는 자기 자신에 대해 분명히 알아야 한다는 것을 깨닫게 해주었다. 그래서 나는 하루하루 성찰하며 나의 마음을 잘 들여다보고 감정을 스스로 조절할 수 있는 사람이 되어야겠다고 다짐했다.

이 책을 읽으면서 가장 기억에 남는 구절은 "새는 알에서 나오려고 투쟁한다. 알은 세계다. 태어나려고 하는 자는 한 세계를 깨뜨리지 않으면 안 된다." 라는 구절이다. 왜냐하면 알을 세계라고 비유하면서 그것을 깨지 않으면 정해진 틀에 갇혀서 살아야 한다는 것이 의미를 담고 있는 게 인상 깊었기 때문이다. 그리고 나의 목표를 달성하기 위해서는 피와 땀을 흘리며 어떠한 노력이든 하라는 의미를 전달하고 있는 것 같아서 나에게 큰 도움이 되었기 때문이다.

나는 인생을 다른 사람 신경 안 쓰며 여유로운 삶을 살아가는 것이 편하다고 생각했는데 데미안과 같은 조력자이자 도움을 줄 수 있는 사람이 자신의 가슴 안에 있어야 한다는 것을 이 책을 통해 깨닫게 되었다. 그리고 나의 내면속에는 선과 악이 둘 다 존재하고 있는 걸 느꼈으며 둘 중 어느 것이 더 좋다고 비교할 수 없다는 것도 알게 되었다. 이렇듯 나는 「데미안」이라는 책을 통해 삶을 바라보는 시선이 바뀌게 되었고 내가 겪었던 좋은 순간, 나쁜 순간이 모여서 지금의 나를 만들었다고 생각하게 되었다.

사소한 것에 대한 소중함

(어린 왕자)

이나현

초등학교 시절부터 어린 왕자에 대해 수없이 많은 이야기를 들었습니다. 하지만 이야기만 들었을 뿐, 어린 왕자에 대해 진심으로 느껴본 것이 없었습니다. 그리하여 이 책을 읽게 되었습니다.

우선 주인공인 비행사는 어릴 적에 화가의 꿈을 꾸고 첫 번째 그림을 그렸습니다. 그 그림엔 코끼리를 삼킨 보아뱀이 그려져 있었지만 코끼리는 뱀 몸속 안에 있어 코끼리의 형태는 보이지 않았습니다. 그래서 주인공의 그림을 본 어른들은 다 모자라고 생각을 했고 이 그림을 보고 무섭지 않냐며 묻는 어린 왕자를 비웃었습니다. 그러면서 화가의 꿈은 버리고 공부나 하라며 면박을 받고 어린 왕자는 여기엔 자신을 이해해주는 사람이 없다며 자신을 이해해주는 사람이 있는 하늘 위로 가고 싶단 생각을 하며 파일럿의 꿈을 가집니다. 그렇게 오늘도 비행을 연습하다가 주인공인 비행사는 사막에 불시착합니다. 주인공은 다행히 가져온 여분의 물이 있었고 고장난 비행기를 고치다 양을 그려달라는 어린 왕자를 만나게 됩니다.

어린 왕자는 사람을 발견하고 기뻐하며 친해지자는 뜻으로 그림을 그려달라고 말합니다. 어린 왕자는 양 한 마리를 그려달라고 말했고 주인공은 어릴 적 자신의 그림이 어른들에게 무시 받았던 기억을 떠올리며 자기는 그림에 재능이 없다며 자신감 없는 모습을 보였지만 어린 왕자는 괜찮다며 양 한 마리를 그려달라고 말합니다. 그래서 주인공은 자신이 없지만 최대한 열심히 양의 모습을 그려줍니다. 하지만 어린 왕자는 "이건 양이 아니야!" 라며 그림을 다시 그려달라고 했습니다. 주인공은 몇 번이나 다시 그려줬지만 모두 다 맘에 들지 않다고 하자 주인공은 귀찮아져 벽돌 한 개를 그려줍니다. 하지만 반전으로 어린 왕자는 매우 좋아하며 방방 뛰었습니다. 그렇게 주인공과 어린 왕자는 매우 친해지게 되고 주인공은 어린 왕자의 이야기를 듣게 됩니다. 어린 왕자의 이야기는 다음과 같습니다.

어린 왕자는 아주 작은 행성에서 화산 3개와 장미꽃 하나를 기르며 살고 있었는데 어린 왕자는 많은 관심을 주고 가꿔주어도 만족하지 못하는 장미에게 실망해 자기가 부족한 걸까 싶어 많은 지식을 배우기 위해 많은 다른 행성으로 떠나게 됩니다. 어린 왕자는 총 6개의 행성으로 떠났지만 모두 다 어린 왕자를 어리고 지식이 없다며 행성에서 쫓아냈습니다. 무시만 받고 상처만 받은 채 6번의 여행을 끝낸 어린 왕자는 우울했지만 포기하지 않았습니다. 그렇게 7

번째 행성으로 여행을 떠나게 됩니다. 다행히 그 행성에선 착한 친구 여우를 만나게 됩니다. 여우는 어린 왕자에게 길들인다는 뜻을 알려주었고 둘은 친하게 지내다 여우가 장미와 겹쳐보이게 됩니다. 그렇게 여우와 놀던 어린 왕자는 자신이 두고 온 장미에게 돌아가야겠다고 말을 합니다. 이 일로 인해 어린 왕자는 여우에게서 책임감을 배우고 여우를 떠나게 됩니다.

그렇게 홀로 길을 걷던 어린 왕자가 길에서 뱀을 만나게 되었습니다. 뱀은 자기가 문 사람을 자기가 원하는 곳으로 이동시킬 수 있는 능력이 있었고, 어린 왕자는 뱀에게 부탁을 하며 뱀과 이야기를 나눕니다. 이렇게 어린 왕자가 자신의 얘기를 하는 와중에 주인공이 가져온 여분의 물들이 다 떨어져 물을 찾아가게 됩니다. 하지만 어린 왕자가 계속 엉뚱한 곳으로 걸어가 주인공이 길에 풀썩 눕자마자 어린 왕자가 한 폭포를 찾아 갈증을 해소시킨 뒤 어린 왕자는 뱀과의 대화를 들려주고 어린 왕자는 원래 자신이 살던 행성으로 떠날 것이라고 얘기했습니다. 주인공은 하나뿐인 친구를 잃기 싫어 떠나지 말라고 했지만 어린 왕자는 자신의 의견을 굽히지 않았습니다. 주인공은 어린 왕자를 데려다주기 위해 자신의 고장난 비행기를 열심히 고쳤고 주인공은 어린 왕자를 비행기에 태우고 뱀에게 데려다주었습니다. 어린 왕자는 뱀에게 물려 장미가 있는 원래의 자신의 행성으로 돌아가게 되었습니다.

전 이 책을 읽고 존재의 소중함을 알게 되었습니다. 전 태어나자마자 좋은 부모님 아래에서 따뜻한 집, 맛있는 밥을 먹으며 즐겁게 웃으며 지내었고 저에겐 다섯 살 어린 소중한 동생이 한명 있습니다. 그리고 저에겐 절 즐겁게 웃겨주고 학교 가는 것을 기다리게 해주는 좋은 친구들도 있습니다. 그런데 이 책을 읽기 전까진 이렇게 소중한 존재들을 당연하다고 여기고 화를 내거나 귀찮다고 생각한 적도 있었습니다. 하지만 지금의 전 존재의 소중함을 깨달아 내 소중한 존재들을 한껏 더 배려하고 아껴줄 수 있는 품이 넓은 사람이 되었습니다. 많은 사람들을 보듬어주고 소중하게 대할 줄 알게 되었습니다. 제가 이렇게 발전을 할 수 있었던 이유는, 자기 전 침대에 누워 '오늘 내가 누구에게 실수한건 없나?', '나의 그런 행동이 다른 사람들에게 방해가 되었나?' 라며 자아성찰을 하며 나의 실수들을 찾으려고 노력했기 때문입니다. 실수들은 고치긴 쉽지 않았지만 매일 밤, 성찰을 통해 많은 반성을 하게 되어 결국은 모든 실수들을 고치게 되었습니다. 물론 그렇다고 해서 지금의 제가 완벽한 사람이란 것은 아니지만, 지금도 성찰을 통해 내 주변 사람들에게 피해가 가지 않고 웃음과 긍정적인 에너지를 줄 수 있는 사람이 되기 위해 노력하고 있습니다.

전 2년 정도 자아성찰을 매일매일 하며 물론 긍정적인 효과가 엄청났지만 부작용도 있었습니다. 저의 단점만을 생각하다보니 저를 자책하는 일이 잦아졌고, 자신감은 떨어졌습니다. 그땐 단점을 고치기 위해 저 자신을 채찍질하기에만 바빴습니다. 지금 생각을 해 보니 누구보다도 저 자신을 먼저 생각해야 하는데 상대방을 위해 저 자신을 아프게 하다니… 어리석었다고 생각합니다. 그래서 지금 은 단점도 찾으려고 하지만 저의 장점을 먼저 생각해봅니다. '오늘 내가 친구에게 사소한 배려를 해주었는데 센스 있었고 그 친구도 기분 좋았겠다.' 이렇게 저 자신을 칭찬하고 그 다음 단점을 찾았습 니다. 그러면서 '나는 멋진 사람이지만 사람이 로봇은 아니니 물론 고칠 점 몇 개 정도는 있는 사람.' 이렇게 저 자신을 생각하게 되었 습니다. 이 책을 읽으시는 여러분들은 타인이란 존재를 위해서 노 력하시고 자신을 고치는 것도 좋지만! 무엇보다도 어떤 상황이든 자신이 항상 1순위이니 절대 자기 자신을 괴롭히진 않았으면 좋겠 습니다. 매일 밤 성찰을 하며 타인에게 좋은 영향을 끼치기 위해 노 력을 하되! 자신의 장점도 항상 같이 찾아주기! 타인도 소중하지만 나란 존재도 소중! 우리 모두 잊지 말고 명심합시다!

제 2 장

끈기

한계를 만드는 것은 바로 나 자신이다

(로빈슨 크루소)

오수빈

학교에서 「로빈슨 크루소」라는 책을 받았을 때 어딘가 익숙한 표지인 것 같아서 호기심에 책의 줄거리를 찾아보았는데 내가 6학년 때 읽은 책이었다. 책의 줄거리를 기본적으로 알고 읽었기 때문에 인물의 행동 하나하나를 좀 더 자세히 분석하면서 읽어야겠다고 생각하며 책을 한 장씩 넘겨보았다.

로빈슨 크루소는 어려서부터 바다를 좋아했다. 그래서 부모님의 반대를 무릅쓰고 항해를 떠났다. 하지만 항해를 하는 도중 배가 파선하여 무인도에 떠내려갔다. 섬 가까이로 떠내려 온 배에서 생활용품을 얻고 산에 천막을 치며 자급자족의 생활을 하였다. 하지만 평화로운 때는 잠시였다. 로빈슨 크루소는 모래사장에서 커다란 사람 발자국을 발견하였다. 자신을 해칠까봐 하루하루 고통과 불안을 안고 살아갔다. 야만인한테 잡힌 포로 중 한 명이 로빈슨 크루소 쪽으로 도망을 쳤다. 그래서 포로를 구해주었고 그에게 프라이데이라는 이름을 지어주었다. 섬에서 부하들과 살아가던 끝에 로빈슨 크루소는 영국 배가 나타나면서 구출되었다. 몇십 년 만에 돌아온 고국이 낯설었지만 금세 적응을 하고 브라질 농원에서 막대한 수익을 얻으며 행복하게 살았다.

나는 로빈슨 크루소가 오랫동안 구조되지 않았음에도 불구하고 생존 의지를 가지고 섬에서 살아남은 것이 대단하다고 생각했다. 왜냐하면 무인도에 떠내려갔으면 희망의 끈을 놓고 의욕 없이 나태하게 살아갈 수도 있는데 로빈슨 크루소는 가축을 기르고 생존에 필요한 도구를 만들어서 끝까지 살아남으려고 노력했기 때문이다. 또한 소통할 사람도 없고 텅 빈 공간에서 똑같은 일상을 반복해야 하는 것은 힘들 것이기 때문이다. 만약 내가 무인도에 떠내려가는 바람에 혼자 살아남아야 하는 상황이 생긴다면 생존 방법을 생각하기는커녕 아무 발전 없이 무의미한 삶을 보낼 것 같다고 생각했다. 이 책을 통해 부지런함과 희망적인 부분을 내 삶에 적용시켜야겠다고 다짐했다.

부모님의 말씀을 듣지 않고 바다로 떠나서 모험을 하다가 온갖 산전수전을 다 겪은 후에야 양심의 가책을 느낀 로빈슨 크루소가 안타깝다고 느껴졌다. 왜냐하면 로빈슨 크루소는 자신이 갈망하던 것을 이루기 위해서 떠났다가 되돌릴 수 없는 상황에 처했기 때문이다. 다른 사람 말에 쉽게 휘둘리지 않으며 굳은 의지를 가진 로빈슨 크루소의 태도를 칭찬하고 싶다. 하지만 나는 로빈슨 크루소가 겪은 일로 인해 모든 일에 자신의 생각이 옳다고 생각하여 포기하지 않고 무조건 끝까지 하는 게 좋지만은 않다는 걸 깨달았다.

나는 「로빈슨 크루소」라는 책이 용기와 희망이라는 교훈을 전해주는 흥미로운 소설이라고 생각했다. 하지만 로빈슨 크루소의 행동을 분석해보면 매우 위협적인 사상이 담긴 소설이라는 것을 알 수 있었다. 문화란 그 해당 사회 또는 국가의 구성원들에 의해서 전해져 내려온 것으로 수 세기에 걸쳐 축적된 전통을 말한다. 자신의 문화와 다르다고 상대방의 문화를 비판하거나 얕잡아 보아서는 안 된다. 즉 문화 상대주의의 태도를 가져야 한다. 하지만 로빈슨 크루소는 원주민들이 부족 간 전쟁 후 인육을 먹는 의식을 치르는 것을 야만적이라고 생각함으로써 다른 문화를 이해하지 못했다. 또한 다른 민족의 문화와 자기 나라의 문화의 다름을 인정하지 못하고 자신의 문화가 더 우월하다고 생각하며 자신의 문화를 전파시켰다. 로빈슨 크루소의 이러한 행동이 도덕적이지 못하다고 느꼈으며 비판해야 할 점이라고 생각했다. 최근 우리 사회에서도 자신의 문화와 다른 문화를 이상하다고 생각하거나 비하하는 표현을 사용하는 경우가 종종 있다. 이 문제를 해결하기 위해선 다른 문화를 존중하고 이해하는 태도를 가져야한다고 생각했다. 로빈슨 크루소는 원주민들에게 무력을 통해 자신에 대한 공포심을 심어서 자신을 우러러 보게 만들었다. 로빈슨 크루소의 가르침 속에는 프라이데이를 완벽히 지배하려는 의도가 있을지도 모른다고 생각했다.

　이 책을 읽으며 가장 인상 깊었던 구절은 '세상의 진정한 의미를 깨닫게 되면 죄로부터의 구원이 고통으로부터의 구원보다 훨씬 큰 축복이라는 것을 알게 되리라'는 것이다. 왜냐하면 나는 고통을 감내하는 시간이 죄로 인한 두려움 보다 더 심할 것이라고 생각했기 때문이다. 하지만 이 책을 통해 자신의 지은 죄는 틀림없고 변하지 않는 사실이며 오로지 자신만이 책임의 무게를 질 수 있다는 것을 깨닫고 죄로부터의 구원을 받는 것은 어려운 일이라고 느꼈다. 그래서 나는 나의 양심에 가책을 느낄 법할 행동을 하지 않겠다고 다짐했고 맑은 하늘을 떳떳이 바라볼 수 있는 사람이 되어야겠다고 생각하며 나의 삶을 성찰하는 시간을 가졌다.

자신이 원하는 것

(로빈슨 크루소)

이나현

「로빈슨 크루소」는 수많은 모험책 중 내가 가장 재밌게 읽었던 책안에 든다. 왜냐하면 로빈슨 크루소의 모험담이 나에게 의미심장한 삶의 의미를 주었기 때문이다. 로빈슨 크루소는 어릴 적부터 배를 타고 여행하는 것을 바라왔다. 하지만 부모님의 반대로 부모님의 일을 돕고 살았다. 어느 날도 여전히 일을 돕기 위해 강가로 부모님과 함께 나갔다. 그런데 그 옆에서 무료로 같이 배를 타고 여행을 떠나준다는 한 선장이 있었다. 크루소는 어릴 적부터 원했던 소망을 이룰 수 있는 기회를 놓칠 수 없었다. 크루소는 부모님 몰래 선장님에게 같이 여행을 떠나고 싶다고 했고, 선장은 흔쾌히 수락했다. 하지만 크루소는 그 일을 미치도록 후회했다. 여행을 떠나자마자 큰 파도가 덮쳐와 배엔 조금의 물이 들어왔다. 크루소는 난생처음 겪는 일에 겁을 먹어 드러누워 벌벌 떨었다. 하지만 그 파도는 배 여행에 비하면 아주 옅은 파도였다. 하지만 크루소는 어리석게도 그 파도가 그치자마자 무서운 생각은커녕 모험을 한다는 사실에 신이 났다. 그렇게 배에 관한 경험이 전혀 없던 크루소는 더 큰 파도가 오자마자 아무 대처도 하지 못한채 허둥지둥하다 기절을 하게 된다. 몇 시간 뒤 깨어난 크루소는 한 무인도에 정착되게 되었다. 크루소는 거기서 음식을 찾고 집을 지으며 살다 이곳에 식인들의 먹이로 잡혀온 프라이데이를 발견하고 극적으로 프라이데이를 구출하게 된다. 그렇게 마지막엔 프라이데이의 도움으로 그 섬에서 탈출하게 된다. 섬에서 나와 고향으로 오니 부모님은 돌아가셨다. 하지만 크루소는 후회하지 않았다. 자신의 오랜 꿈을 이뤘기 때문이다.

나는 이 책을 읽고 크루소의 정신력에 감탄을 했다. 나라면 무인도에 포류되기 전, 배에서 얕은 파도가 배를 덮칠 때부터 정신을 차리지 못했을 것 같다. 아무리 오랜 꿈이었어도 생명의 위협을 느끼는데 흔들리지 않는 멘탈, '정말 굳은 꿈이었구나'라는 생각이 드는 부분이었다. 크루소는 배 뿐만이 아니라 섬에서도 엄청난 정신력을 보여주었다. 첫날, 크루소는 처음엔 포류가 되었다며 절망하긴 했지만 곧바로 일어서 식량을 찾았다. 차분히 식량이 어디 있을지를 생각해 찾아가는 장면이 인상 깊었다. 그리고 무인도에 살며 여러 가지 자연의 섭리를 알아가는 장면이 재미있었다. 밥 먹을 그릇을 만들기 위해 여러 가지 과정을 거쳐 흙과 물을 섞어 불에 구워 그릇을 만들었다. 크루소는 매우 놀라며 신나했다. 나는 이 장면이 마치 풀리지 않는 수학문제를 푼 나와 모습이 비슷해 보여 웃음이 났다. 그 쾌감과 기쁨을 알기에 크루소의 마음을 느낄 수 있어 재미있었다.

　그리고 프라이데이를 구해주는 장면, 크루소가 그동안의 삶을 어떻게 살아왔는지 볼 수 있었다. 책에선 단지 '부모님의 일을 도왔다.' 라고 짧게 나와 있다. 하지만 자신의 꿈을 포기하고 성실히 일을 도왔을 것이다. 그리고 사람들을 잘 챙겨줬을 것이라고 볼 수 있다. 그리고 크루소는 용기가 엄청난 것 같다. 일단 위에서 말했던 프라이데이를 구해주는 장면, 그리고 이 사건들의 시작인 여행을 떠난 것. 프라이데이를 구하기 위해선 자신의 목숨을 걸어야만 했다. 식인종들은 5명 정도였고 인질은 3명, 4명정도였다. 크루소는 인질들을 구하고 싶었다. 하지만 크루소가 가진 거라곤 칼뿐이었기 때문에 주변에서 여러 재료를 구해 총도 직접 만들었다. 그렇게 모든 동선과 무기들을 준비해 극적으로 인질 중 1명을 구했다. 하지만 프라이데이와는 말도 잘 통하지 않았고 오히려 식량과 무기들은 더 필요했다. 하지만 크루소는 불편한 기색을 전혀 내지 않았다. 프라이데이를 위해서였다. 이런 장면을 통해 크루소의 용기와 배려심이 얼마나 돋보이는지를 볼 수 있었다. 일단 나는 어떤 일에 내 목숨을 거는 것 조차 불가능하다. 그런데 생판 모르는 어떤 사람을 위해서라면 더더욱 불가능하다. 하지만 크루소는 이 어려운 일을 해냈고 그 뒷일도 자신이 다 책임졌다. 이 책을 읽는 독자분들도 한

번 생각을 해봤으면 좋겠다. '과연 자기는 그런 선행이 가능한가?' 라고 말이다.

그리고 여행을 떠난 것, 책에서만 여행에 대해 봤지 실제론 한 번도 가본 적도 없고 본적도 없다. 기초지식도 없는 상태에서 자신의 꿈을 위해 용기를 내 시도했다. 어떤 사람은 이런 행동을 어리석다고 생각할 수 있지만 크루소는 그만큼 자신의 확고한 목표였기 때문에 무식하게 여행을 떠날 수 있었다고 생각한다. 확고한 목표를 가지는 것은 쉬운 것이 아니다. 자신의 성격, 취향 등등 자신에 대해 많이 알고 있어야 점점 더 확고한 목표를 가질 수 있다. 이처럼 쉬운 일이 아닌 것을 크루소는 어릴 때부터 찾았고 몇 년이 지났더라도 계속 가지고 있었다. 과연 크루소가 부모님의 말을 듣고 끝까지 일을 도왔다면 여행을 끝마치고 온 크루소처럼 후회 없는 삶을 살았을 수 있었을까? 난 절대 아니라고 본다. 계속 일을 하다 나중에 나이가 들어 더 이상 일을 할 수 없을 때 자신의 꿈을 이루지 못했다고 후회하며 세상을 떠났을 것 같다. 난 자신의 꿈을 위해 용기 낸 크루소에게 멋지다고 말해주고 싶다. 난 꿈이 있어도 한 번도 시도를 안 해본 일은 무작정 피해버린다. 그런 나의 성격 때문에 크루소가 더 멋지게 보인다. 나도 무슨 일이든 용기 있게 시도할 수 있으면 좋겠다. 로빈슨 크루소는 배울 점이 많고 대단한 사람이라고 생각한다.

상상을 현실로

(80일간의 세계 일주)

윤혜린

「80일간의 세계 일주」는 학교 체험활동에서 소극장으로 관람한 적이 있어서 내용은 대충 알았는데 책으로 읽으니 더 자세하고 스릴 넘쳤다. 「80일간의 세계 일주」의 대략적인 줄거리는 영국의 부자 '포그'씨가 하인 파스파르투와 함께 80일 동안의 세계 일주를 도전하는 내용이다. 나는 「80일간의 세계 일주」를 보면서 '포그'씨의 하인 '파스파르투'에게 공감이 갔다. 왜냐하면 '파스파르투'는 성격도 어리바리하고 부족한 점이 많아서 세계 일주를 시작하고 첫날에 자신의 방에 가스등을 끄지 않고 오는 등 실수를 많이 했는데 나 또한 학교를 올라오고 1학기 때는 '파스파르투'처럼 중학교에 적응 하지 못해서 부족한 점도 많았고 준비물을 챙겨오지 않는 등 실수를 많이 했기 때문이다.

「80일간의 세계 일주」에 대한 전체적인 느낀 점은 그 당시에 아무도 될 줄 몰랐던 세계 일주를 도전하고 끝까지 노력하고 이룬 '포그'씨가 정말 대단하다고 느꼈고 나도 이런 '포그'씨처럼 무엇이든 도전하고 끝까지 노력하는 사람이 되고 싶다. 그리고 포그씨의 하인인 '파스파르투'도 항상 '포그'씨를 믿고 따라는 굳건한 마음도 배우고 싶다. '포그'씨와 '파스파르투'가 마지막에는 시차 덕분에 2일을 더 벌었지만 사실 나는 운이 정말 안 좋은 사람들이라고 생각한다. 세계 일주를 하면서 평탄할 거라고 생각하진 않았지만 이렇게까지 수많은 고난들을 겪은 '포그'씨와 '파스파르투'이기 때문이다. 하지만 그 모든 고난을 차분하게 견디고 일어선 '포그'씨가 멋있고 대단하다는 생각이 든다. 그러니 앞으로 나도 어떤 고난이 찾아와도 '포그'씨처럼 차분하게 대처하고 싶다.

　「80일간의 세계 일주」에 나오는 등장인물 중 나는 '포그'씨가 신경 쓰이는 인물이다. 왜냐하면 주인공이지만 잘 나와 있지 않은 미스터리한 부분이 많았기 때문이다. 또한 앞서 말했듯이 아무도 도전하지 않은 세계 일주를 도전하여 끝까지 노력하여 완벽하게 끝을 맨 부분과 어떤 고난에도 침착하게 대응하는 점도 닮고 싶다. 「80일간의 세계 일주」를 읽으면서 "난 언제나 준비가 되어 있습니다. "난 다이아몬드를 뒤집었어요. 스튜어트씨, 당신 차롑니다."라는 말이 내 마음에 가장 와 닿았다. 그 이유는 세계일주의 시작을 알리는 대사 같았고 자신을 믿고 내기를 제안한 '포그'씨의 자신감 넘치는 모습을 닮고 싶기 때문이다. 지금까지 읽은 고전 책 중에 세계 일주를 하는 내용인 만큼 가장 에피소드가 많았던 책이었던 같아서 내용도 알차고 재밌었다. 「80일간의 세계 일주」를 보니 나중에 내가 커서 시간과 경제적인 여유를 가지게 되면 이 책 내용처럼 세계 일주를 한번 해보고 싶다.

성공은 노력하는 자에게

(80일간의 세계 일주)

오수빈

처음 이 책을 받았을 때 제목을 보고 눈이 휘둥그레졌다. 왜냐하면 「80일간의 세계 일주」라는 책의 제목을 가졌기 때문이다. '세계 일주'라는 키워드만으로도 나의 호기심을 자극했다. 또한 80일이라는 짧은 기간 만에 무사히 세계 일주를 성공했을지 궁금증이 생겼다. 주인공은 왜 세계 일주를 했는지에 대해서도 의문을 품은 체 책 속으로 빠져들기 시작했다.

「80일간의 세계 일주」는 2차 산업혁명을 배경으로 쓰여졌다. 주인공인 필리어스 포그는 영국의 신사였고, 그의 하인이 된 파스파르투는 프랑스인이었다. 필리어스 포그의 성격은 기계처럼 정확하고 무뚝뚝했다. 그는 휘스트 게임을 하는 사람들과 2만 파운드를 걸고 80일 안에 세계 일주를 하기로 내기를 했다. 포그는 런던에서 출발해 수에즈 운하, 봄베이, 캘커타, 홍콩, 요코하마, 샌프란시스

코를 지나 뉴욕으로 돌아오는 도중 픽스 형사에게 오해를 받아 은행 절도범으로 체포된다. 곧 진범이 잡혀진 것이 드러나 포그는 풀려났지만 약속시간에 5분 늦고 말았다. 본초자오선을 지나면 1일이 줄어들어 포그는 약속시간 보다 하루 빨리 도착했다. 하지만 이 사실을 알지 못했던 포그는 클럽에 가지 않았다. 그래서 인도에서 구해준 아우다란 여자와 사랑에 빠져서 결혼을 하려는데 그때 돼서야 하루 빨리 도착 했다는 것을 알고 서둘러 뛰어갔다. 3초 남기고 가까스로 도착한 포그는 80일간의 세계 일주에 성공했다.

포그는 돈이면 모든 것이 해결된다는 배금주의 사상의 측면에도 불구하고 개인적인 훌륭한 덕목과 가치를 우리에게 많이 줬다. 19세기 사람들은 일확천금을 꿈꾸면서 허황된 내기를 종종하였다. 주인공은 이를 통해 의리, 정확한 계산, 인간에 대한 신뢰와 과감한 실천력 등을 갖춘 신사 모험가로서의 역할을 보여 주고 있다. 특히 인디언에게 붙잡힌 파스파르투를 구하러 가면 자신이 세워둔 계획에 지장을 준다는 것을 알았음에도 불구하고 앞장서서 파스파르투를 구하러 간 장면에서 의리와 고귀한 인간의 품격을 깊이 느낄 수 있었다. 2만 파운드라는 엄청난 액수의 돈을 걸었지만 돈을 목적으로 행동하지 않고 돈보다 소중한 가치들을 챙기며 세계 일주를 한 포그에게 박수를 보내고 싶다.

픽스 형사가 파스파르투에게 포그를 홍콩에 며칠간 붙잡아 두면

500파운드를 준다고 제안했다. 내가 만약 파스파르투였다면, 그 제안을 거절했을 것이다. 왜냐하면 주인을 신뢰하는 마음을 가지고 있었으므로 돈을 훔치지 않았을 것이라고 생각했기 때문이다. 픽스 형사의 말만 듣고 내가 의지했던 사람을 쉽게 떠나보낼 수 없을 것 같다고 생각했다.

내가 포그와 함께 세계 일주를 떠났다면 문화 체험, 관광을 한 번도 안하고 쉴틈 없이 짜여진 규칙대로 움직이기만 해서 아쉬움이 남았을 것 같았다. 왜냐하면 내가 알지 못했던 나라나 지역의 분위기를 직접 몸소 느낄 수 있고 자연친화적인 풍경을 감상하는 것도 나에게 큰 깨달음을 주는 시간이기 때문이다. 또한 세계를 보는 시각을 넓힐 수 있다고 생각했다.

이 책에서 가장 인상 깊은 구절은 "그는 자기 주위를 멤돌고 있는 소행성들에 대해 아무 관심 없이 오직 세계 일주라는 자기궤도만을 합리적으로 돌고 있을 뿐이었다." 라는 구절이다. 왜냐하면 자기가 달성하고자 하는 목표만을 바라보며 달려가는 것을 본받고 싶었기 때문이다. 이 구절을 통해 나는 단순한 변심 때문에 한 가지를 집중해서 하지 못 하는 안 좋은 습관을 고쳐야겠다고 다짐했다. 그리고 시간을 합리적으로 활용하기 위해서 자투리 시간을 이용해 나의 부족한 부분을 채워야 한다는 것을 깨달았다.

　이렇듯 나는 이 책으로 인해 끈기라는 가치가 얼마나 중요한 것인지 느끼게 되었고, 나도 무엇이든 포기하지 않고 될 때까지 해보겠다는 열정을 마음속에 품을 수 있게 되었다. '간발의 차이로 포그는 80일간의 세계 일주를 성공하였는데 그 순간 얼마나 기쁘고 황홀했을까?' 나도 포그와 같은 심정을 느껴보고 싶다고 생각했다. 인생에서 가장 중요한 마음은 두려움이 아닌 도전정신이라고 느꼈다.

쉽게 포기하는 사람들에게

(로빈슨 크루소)

고대현

    전에 책 제목은 들어본 적이 있었지만 내용은 몰라서 내용을 궁금해 하며 이 책을 읽었다. 내가 읽게 된 이 책은 로빈슨 크루소가 부모님의 말씀을 듣지 않고 항해를 하다 무인도에 표류한 후의 이야기를 담고 있다. 먼저 이 책의 주인공인 로빈슨 크루소는 좋은 집안에서 태어났지만 바다로 나가고 싶은 열정 때문에 부모님의 만류에도 불구하고 바다로 나가는 결정을 하게 된다. 바다로 나간 후 다섯 개의 큰 사건이 발생하게 된다. 먼저 첫 번째로 열아홉 살에 친구를 따라 런던으로 향하는 배를 부모님께 한 마디 말도 없이 탄 후 엿새째 되는 날에 거센 폭풍을 맞닥뜨리며 조난당했지만 다행히 전부 구출된다. 그 이후 로빈슨 크루소는 집으로 가는 것이 최선이라고 생각했지만 조롱당할 걱정에 아프리카 해안으로 가는 배를 타는 결정을 하게 된다. 만약 이 배를 타지 않고 집으로 돌아갔더라면...

    로빈슨 크루소는 배를 타고 항해하던 중 터키 해적을 만나 해적

선장의 노예가 되었다. 로빈슨 크루소는 낚시를 잘해서 고기잡이를 하러 많이 나갔다. 그러던 중 선장이 방심한 틈을 타 로빈슨 크루소는 다른 노예였던 소년 슈리와 함께 도망을 가다 브라질행 선박에 구조되게 된다. 로빈슨 크루소는 브라질에서 슈리를 팔고 농장에 거주하며 개처럼 노동을 하다가 아버지의 말씀을 떠올리며 후회를 하게 된다. 그래도 일은 잘 풀려 농장은 아주 잘 되었지만 로빈슨 크루소는 또 흑인 교역 제안에 넘어가 아프리카를 향한 항해를 시작한다. 항해를 하던 중 조난을 당하고 자신을 뺀 선원 모두가 죽었다는 사실을 알게 되고 자신은 무인도에서 살게 된다. 로빈슨 크루소는 무인도에서 일어난 일들을 모두 일기장에 기록했지만 그 일기장에는 모두 일하고 무언가를 만든 얘기뿐이다. 로빈슨 크루소는 무인도에서 살아가며 하나님께 감사하며 신앙심을 더욱 키우다 야만인 무리를 만나게 되고 그 중 한 명이 도망치자 로빈슨은 그를 프라이데이라고 이름 짓고 일하는 법, 영어, 종교에 대해서도 가르치며 프라이데이와 함께 생활한다. 그렇게 잘 살고 있다가 영국 배가 무인도에 닻을 내리는 것을 보고 그 배를 타고 무인도를 28년 만에 탈출한다.

내가 이 책을 읽고 난 후 먼저 로빈슨 크루소라는 인물이 대단하다고 생각했다. 비록 부모님의 말씀을 안 듣긴 했지만 무인도에서 나 같았으면 벌써 포기했을 것 같지만 로빈슨 크루소는 계속 삶의 의지를 이어가며 무인도에 자신만의 요새도 만들며 무인도에서 삶을 이어가려고 노력하는 끈기가 대단하다고 생각했기 때문이다. 또 무인도에서 살아가며 로빈슨 크루소가 계속 하나님을 떠올리며 감사해하는 것을 보고 로빈슨 크루소의 신앙심이 대단하다고 생각했고 그 신앙심을 자신의 노예인 프라이데이에게까지 물려주는 것도 대단하다고 생각했다. 그리고 로빈슨 크루소가 부모님의 반대에도 불구하고 자신이 원하는 것을 하기 위해서 용기를 내서 항해를 하러 가는 모습이 대단하다고 생각했고 비록 무인도에 표류되어서 28년 만에 탈출하긴 하지만 그 무인도에서 살아남은 것도 대단하다고 생각했기 때문이다. 로빈슨 크루소가 무인도에서 자신의 삶을 포기하지 않고 어떻게든 살아남기 위해서 많은 노력을 하는 것이 대단하다고 생각하긴 했지만 한편으로는 로빈슨 크루소가 처음에 부모님이 바다로 나가는 것을 막을 때 부모님의 말씀을 듣고 바다로 나가지 않았다면 훨씬 편하고 호화로운 삶을 살 수 있었을 텐데 하는 아쉬움이 남는다.

내가 이 책을 읽으며 가장 인상 깊었던 인물은 로빈슨 크루소이다. 왜냐하면 부모님의 말씀에도 불구하고 자신이 원하는 것을 이루어 나가려고 하는 노력과 무인도와 여러 가지 조난이라는 많은 어려움이 있었음에도 불구하고 살 방법을 찾아나가며 결국 살아남은 지혜와 끈기가 대단하다고 생각했기 때문이다. 또 이 책에서 로빈슨 크루소를 보며 지금 나 자신의 행동과 비교해보았을 때 나는 로빈슨 크루소와는 달리 조금이라도 어려운 점이 있으면 그것을 해결해보려고 이겨내려고 많은 노력을 하지 않고 금방 포기해버리는 경우가 많아서 이 책을 읽으며 지난 나의 행동을 성찰하고 앞으로는 로빈슨 크루소처럼 어려움에도 쉽게 굴복하지 않고 끈기 있게 노력하는 사람이 될 수 있도록 노력하겠다고 다짐을 하게 만들었기 때문이다.

그리고 로빈슨 크루소가 무인도에서 하나님과 성경구절을 많이 떠올리는데 그것을 보고 로빈슨 크루소는 자신의 노력으로 일어난 일이더라도 하나님께 감사하다고 공을 돌리는 것처럼 매우 겸손하지만 그래도 조금은 자신을 믿어주고 자신을 자랑스러워하고 사랑하는 자기애가 조금은 필요하다고 생각했다. 그래서 나는 너무 겸손하기 보다는 나를 믿어주고 사랑하는 태도를 갖는 것도 좋다고 생각한다.

이 책을 읽으며 짧지만 이때까지의 나의 삶을 대하는 나의 태도와 행동들을 되돌아보며 앞으로의 나의 생활을 다짐하게 되는 좋은 계기를 마련했다. 그래서 나는 이 책을 어려운 일이 있으면 쉽게 포기하는 사람들에게 추천하고 싶다. 만약 그런 사람들이 책을 읽게 된다면 내가 그랬던 것처럼 자신의 삶을 되돌아보고 앞으로 자신이 어떻게 살 것인지 계획을 세울 수 있을 것이기 때문이다.

기회는 온다

(로빈슨 크루소)

박시현

저는 「로빈슨 크루소」라는 책을 읽었습니다. 이 책은 무인도에 혼자 표류하게 된 한 남자의 이야기인데, 줄거리는 대략 이렇습니다. 이 책의 주인공 로빈슨 크루소는 아버지의 반대를 무시하고 첫 번째 항해를 나갑니다. 하지만 그는 잦은 멀미와 폭풍으로 배 안에서 힘들어했고, 결국 거대한 폭풍을 만나고 맙니다. 다행히 로빈슨 크루소는 구출되지만, 배의 선장이 그에게 항해하지 말라는 충고를 합니다. 하지만 로빈슨 크루소는 그 충고마저 무시하며 두 번째 항해를 떠나버리고, 운이 나쁘게도 해적을 만나 그들의 노예가 됩니다. 여러 힘든 일들을 겪은 그는 그 후 브라질에 정착해 돈을 많이 벌지만 세 번째 항해를 떠나버리고, 결국 무인도에 표류합니다. 아무도 없는 무인도에 혼자 남겨지게 된 로빈슨 크루소는 처음에는 절망하지만, 점차 그 생활에 익숙해지기 시작합니다. 그리고 포로가 된 청년을 구하고 '프라이데이'라는 이름을 붙여주며 같이 생활하게 됩니다. 그 후 로빈슨 크루소는 무인도에 온 다른 사람들까지 구해주다가 약 28년 만에 기적적으로 무인도를 떠나게 됩니다.

　제가 이 책을 읽으면서 인상 깊었던 장면은 두 장면이 있는데, 첫 번째 장면은 무인도에 표류한 로빈슨 크루소가 무인도 생활에 점차 적응하는 장면입니다. 무인도에 표류한 후 처음에는 절망했던 로빈슨 크루소는 자신이 타고 온 배에서 물건들을 꺼내 와서 필요한 물건들을 만듭니다. 저는 이 부분에서 로빈슨 크루소가 정말 침착하고 지혜로운 사람이라는 것을 느꼈습니다. 특히 로빈슨 크루소는 이 상황에서 일기까지 쓰고 종교까지 가지게 됩니다. 따라서 이를 통해 그의 침착한 성격이 더욱 드러나는 것 같습니다.

　그리고 두 번째 장면은 프라이데이가 로빈슨 크루소에게 교육받는 장면입니다. 줄거리에서 나왔듯이 로빈슨 크루소는 포로가 된 청년을 구해주고 그에게 '프라이데이'라는 이름을 붙여줍니다. 그리고 자신의 일을 도와줄 수 있도록 그에게 여러 지식들을 알려줍니다. 그런데 놀랍게도 프라이데이는 정말 빠른 시간에 의사소통을 할 수 있을 정도의 영어를 배우고, 심지어 식인종인 자신의 동족들에게 식인은 좋지 않다고 말해주고 싶어 하기까지 합니다. 저는 이 장면을 보고 프라이데이가 배우는 것을 좋아하고 재능이 있으며, 이에 따라 로빈슨 크루소의 일을 정말 잘 도와주었다고 생각합니다.

제가 이 책을 읽으면서 가장 인상 깊었던 구절은 로빈슨 크루소가 무인도 생활에 적응하는 장면에서 나온 말인 "내 처지에 대해 조금이나마 긍정적인 생각을 하게 되고, 지나가는 배가 있나 바다를 자꾸 바라보는 것도 그만두게 되면서 나는 내 나름대로 삶의 방식을 꾸려 나가는데 전념했다."입니다. 이 구절에는 로빈슨 크루소가 절망하는 것을 그만두고 최대한 긍정적으로 살아가겠다는 다짐이 담겨 있습니다. 그래서 저도 앞으로 살아가면서 위기가 닥쳐도 최대한 저에게 도움이 되는 방향으로 생각하며 살아가야겠다고 다짐했습니다.

제가 이 책을 읽으면서 느낀 점은 아무리 힘든 상황이 닥쳐도 기회는 온다는 것입니다. 이 소설에서도 처음에 아무런 희망이 없는 것처럼 보였던 로빈슨 크루소에게도 프라이데이라는 희망이 찾아왔습니다. 그리고 그 후 다른 사람들까지 로빈슨 크루소와 합류하면서 무인도를 벗어날 수 있었습니다. 따라서 저도 힘들더라도 절망만 하지 말고 기회가 오는 것을 기다리며 희망을 품고 살아야겠다고 느꼈습니다.

또한 저는 로빈슨 크루소가 농장을 차린 이후에도 자신의 욕심으로 인해 다시 항해를 떠나 결국 무인도에 표류한 문제를 해결해 주기 위해서, 그에게 다시 항해를 떠나는 것보다는 현재의 풍요로운 삶을 유지하는 것이 더 좋을 것 같다고 말해주고 싶습니다. 그리고 만약 로빈슨 크루소가 세 번째 항해를 떠나지 않았다면 그는 별다른 위기 없이 농장을 꾸려나가면서 안정적으로 돈을 벌 수 있었을 것 같은데, 그렇게 하지 않아서 결국 무인도에 표류하게 된 로빈슨 크루소가 너무 안타깝기도 했습니다.

포그가 얻은 한 가지

(80일간의 세계 일주)

고대현

나는 이 책을 처음 받았을 때 세계 일주를 80일 만에 한다는 내용일 것이라고 추측하고, 비행기도 없는 시대에 3개월도 안 되는 시간 내에 세계 일주를 끝냈다는 사실에 무척 놀랐고, 그 사람이 대단하다고 느꼈다. 책을 다 읽어보니 내가 추측한 내용이 맞았고, 3개월도 안 되는 시간에 세계 일주를 성공한 사람은 바로 포그 씨였다. 포그 씨는 그의 하인 파스파르투와 함께 자신이 80일 안에 세계 일주를 다녀오겠다고 내기를 한 후 바로 떠나게 된다. 그러나 픽스 형사는 포그 씨를 도둑으로 의심하고 포그 씨의 세계 일주를 미행한다. 포그 씨는 여러 장소에서 많은 어려움들이 있어서 시간이 조금씩 늦어지고 계획대로 진행되지 않은 적이 좀 있었지만 침착하게 대응한다. 세계 일주를 마치고 런던으로 돌아왔지만 그때 픽스 형사가 포그 씨를 도둑으로 체포하고 감옥에 넣는다. 하지만 얼마 후 무죄가 입증되었지만 포그 씨는 이미 하루 늦었으므로 포기를 한다. 그러나 세계 일주를 하며 날짜변경선을 지난 덕에 자신이 생각한 날이 하루 빨랐음을 그때 깨닫고 끝나기 1초 전에 아슬 아슬하게 돌아온다.

나는 이 책을 읽고 나서 포그 씨가 많은 어려움이 있어서 80일 만에 세계 일주를 다 못 끝낼 위기가 있었는데도 크게 동요하지 않고 침착하게 생각하며 다른 방안을 생각해내는 것이 대단했고, 나라면 그 상황에서 매우 당황해서 아무것도 못 했을 것 같다. 이제부터라도 포그 씨의 모습을 본받아 나도 그렇게 침착한 사람이 되고 싶다고 생각했다. 나는 처음 제목만 보고는 80일 만에 세계 일주를 끝내는 것이 말이 안 된다고 생각했지만 포그 씨가 신문 기사에 나온 세계일주 표만 보고 할 수 있다고 말하는 긍정적인 마인드를 본받고 싶고, 그것으로 내기를 건 포그 씨의 용기가 대단하다고 생각한다. 또 나는 포그 씨의 너그러운 마음씨에 감탄했다. 포그 씨는 여행 중에 어려운 사람들이 있으면 시간이 부족한데도 불구하고 다 도와주려고 하고 파스파르투가 감옥도 가고 많은 피해를 주었지만 다 이해해주고 넘어가주었기 때문이다. 이처럼 나도 포그 씨처럼 너그러운 마음씨로 상대방을 용서하고 배려하며 생활해야겠다고 생각했다.

나는 이 책을 읽으며 이런 포그 씨의 용기와 끈기, 긍정적으로 생각하기 등을 본받고 싶다고 생각했다. 그리고 포그 씨가 내기에서 번 돈을 세계 일주를 하면서 훨씬 넘게 쓴 것을 보고 포그 씨가 단순히 돈을 위해서 내기를 한 것이 아니라 자신이 다짐한 것을 꼭 이루기 위해서 세계일주를 다 끝내겠다고 내기를 한 것이라고 깨달았고 나도 포그 씨처럼 나의 물질적 가치보다는 정신적 가치를 얻기 위해서 노력하고 내가 다짐한 것을 이루기 위해서 노력하고 포기하지 말아야겠다고 생각했다. 또 포그 씨가 여행을 통해서 아름다운 여인, 아우다 부인을 얻은 것을 보고 아우다 부인이 포그 씨를 사랑하게 된 이유를 알 것 같고, 포그 씨가 여행을 통해서 비록 돈은 잃었지만 현명한 여인을 얻은 것만으로도 포그 씨에게는 여행이 의미 있었을 것 같다고 생각한다.

내가 이 책을 읽으며 가장 인상 깊었던 인물은 파스파르투이다. 왜냐하면 파스파르투는 포그 씨의 하인이 된 그 날 저녁에 바로 포그 씨를 따라 세계 일주를 갔는데 나였다면 당황스러워서 같이 가지 않았을 것 같지만 같이 가는 것을 보고 충성심이 대단하다고 생각했고 여행 중에 파스파르투가 포그 씨의 여행에 자신이 방해가 되어서 시간을 끌어서 주인님께 피해를 끼치는 게 아닌가 자꾸 걱정을 하는 것을 보고 자신의 주인님을 매우 소중하게 생각한다고 느꼈다. 그리고 파스파르투가 마지막에 포그 씨에게 아직 시간이 지나지 않았다고 말하고 아슬아슬하게 포그 씨가 돌아오는 것을 보고 파스파르투가 없었다면 포그 씨는 파산했을 것이고 이로써 여행 도중에 주었던 피해는 모두 갚았다고 생각했다.

그 다음 내가 이 책에서 가장 인상 깊었던 구절은 '포그는 이 여행에서 얻은 것이 무엇인가? 아무것도 없다고 말해야 할까?' 그렇다. 아무것도 없다-사실이 아닌 것처럼 보일 수도 있겠지만-그를 세상에서 가장 행복한 사나이로 만들어준 아름다운 여인을 빼고 나면 말이다. 사실 이것보다 보잘 것 없는 것을 위해서라도, 세계 일주는 해볼 만한 것이 아닐까?"라는 구절이다. 왜냐하면 이 문장을 통해서 포그 씨는 여행을 통해 아름다운 여인을 얻은 것처럼 우리도 한 가지를 위해서라도 자신이 원하는 일을 하고, 자신의 다짐을 꼭 지켜야겠다고 생각했기 때문이다. 나는 이 책을 읽으며 포그 씨의 태도를 보며 많은 것들을 배웠다. 내 주변에서도 포그 씨같이 타인을 도와주는 사람이 있었으면 좋겠다고 생각했고 나부터라도 먼저 타인을 돕자고 생각했다.

노력은 배신하지 않는다

(80일간의 세계 일주)

박시현

저는 「80일간의 세계 일주」라는 책을 읽었습니다. 이 책은 한 남자가 80일 동안 세계를 여행하는 것에 도전하는 내용인데, 줄거리는 대략 이렇습니다. 이 책의 주인공인 포그는 사람들과 내기해서 하인인 파스파르투와 세계 일주를 떠나게 됩니다. 그 내기의 내용은 '과연 80일 동안 세계 일주를 하는 것이 가능한가?'였습니다. 그렇게 세계 일주를 떠난 포그는 여러 가지 고난과 위험을 겪지만, 그때마다 지혜로움과 침착함으로 위기를 잘 헤쳐 나갑니다. 그리고 포그는 결국 80일 안에 세계 일주를 끝내게 되고 내기에서 승리합니다. 그리고 여행에서 만난 '아우다'라는 여인과 결혼까지 합니다.

제가 이 책을 읽으면서 인상 깊었던 장면은 세 장면이 있는데, 첫 번째 장면은 포그가 세계 일주를 하면서 그날그날 있었던 일들을 상세하게 기록하는 장면입니다. 포그는 세계 일주를 하는 내내 작은 수첩을 들고 다니면서 자신이 생각한 일정대로 여행하고 있는지 확인합니다. 그리고 그 과정에서 조금이라도 벌거나 잃은 시간이 있으면 수첩에 모두 기록합니다. 그래서 이 장면을 본 저는 포그가 정말 꼼꼼한 성격이라는 것을 알게 되었고, 저도 모든 일을 꼼꼼하게 하며 살아야겠다고 생각했습니다.

두 번째 장면은 인도를 여행하던 포그가 아우다를 구출하는 장면입니다. 코끼리를 타고 숲속을 지나던 포그 일행은 사람들에게 잡혀가는 한 여인을 목격하게 됩니다. 그녀의 이름은 아우다로, 늙은 남편이 죽어 화형당할 처지에 놓여 있었습니다. 그때 포그는 자신의 일행들에게 저 여자를 꼭 구해야 한다고 말하고 직접 작전을 짜서 아우다를 구하게 됩니다. 저는 이 장면에서 포그가 침착함과 동시에 용기까지 있다는 것을 알게 되었고, 아까운 시간을 흘러 보내면서까지 아우다를 구출한 포그가 정말 멋져 보였습니다.

세 번째 장면은 포그가 3초 정도를 남겨두고 도착 지점인 개혁 클럽에 도착하는 장면입니다. 약속된 시간보다 5분 정도 늦었다고 생각해서 저택으로 돌아와 절망하던 포그는 파스파르투의 말을 듣고 자신이 늦지 않았다는 것을 알게 되고, 재빨리 마차를 타고 개혁 클럽으로 이동합니다. 그 시각 개혁 클럽에 있던 사람들은 약속된 시간까지 3초정도가 남자 포그가 내기에서 졌다고 신나 하고 있었지만, 포그의 등장에 모두 놀라워합니다. 저도 처음에는 포그가 정말로 내기에서 진 줄 알고 조금 슬펐습니다. 하지만 사실 시차를 고려하지 않은 포그가 날짜 계산을 잘못했다는 것이 밝혀지고 내기에서 승리하자 다시 기분이 좋아졌고, '노력은 절대 배신하지 않는다'라는 말이 떠올랐습니다.

제가 이 책을 읽고 느낀 점은 항상 침착해야 한다는 것입니다. 저는 일을 하다가 문제가 생기면 당황하면서 일을 더 망치는 경우가 간혹 있는데, 이 책의 주인공인 포그를 보면서 항상 침착하게 일을 해야겠다고 느꼈습니다. 그리고 포그의 또 다른 성격인 꼼꼼함도 정말 인상 깊었습니다. 책을 읽다 보면 그의 집에 있는 시계가 초 단위까지 일치한다는 말이 나옵니다. 그리고 포그가 여행을 하면서도 번 시간과 잃은 시간을 수첩에 꼼꼼하게 기록한 것도 정말 놀랍다고 생각했습니다.

하지만 그런 포그도 가끔씩은 실수를 했습니다. 책에 마지막 부분에 포그가 늦었는데도 불구하고 내기에서 승리한 장면이 그런 경우인데요. 포그는 지구의 자전 반대 방향으로 전 세계를 돌았기 때문에 결국 하루를 더 벌게 되었고, 그 결과 늦지 않고 제시간에 도착할 수 있었던 것입니다. 저는 이 장면을 보고 '아무리 꼼꼼한 포그여도 가끔씩은 실수하는구나.' 하고 생각했고, 포그의 인간적인 면도 보게 되었습니다.

이 책에는 주인공인 포그가 문제를 해결해나가는 과정이 담겨있어서 지혜와 침착함, 그리고 용기를 배울 수 있고 다양한 세계 지리 상식까지 알 수 있어서 정말 좋은 책이라고 생각했고, 여러 번 반복해서 읽어야겠다고 느꼈습니다.

포그의 80일간의 여행

(80일간의 세계 일주)

오대송

  처음에 이 책의 제목을 보고 정말 신기했고 '이게 가능한 일인가?' 라는 생각을 했다. 「80일간의 세계 일주」 줄거리는 다음과 같다. 1872년, 영국 런던에 사는 필리어스 포그는 참 이상한 사람이다. 그는 계획적인 생활을 하며 지낸다. 매일 같은 시간에 치과에 가서 항상 같은 자리에서 점심을 먹고, 이가 상한 곳을 치료한 뒤에 다시 같은 자리에서 저녁 식사를 하고, 밤 12시까지 카드놀이를 한 이후 집으로 돌아오는 패턴이다. 심지어 그는 면도할 물의 온도가 평소와 1도만 달라도 하인을 해고할 정도로 정확한 사람이다. 그런 그가 클럽 사람들과 내기를 하고는, 새로 들어온 하인 파스파르투와 함께 느닷없이 세계 일주 여행을 떠난다. 신문에서 인도의 전 구간 철도가 개통되어 80일이면 세계를 일주할 수 있다는 기사를 본 포그가 세계를 정확히 80일 만에 한 바퀴 돌아올 수 있다고 장담한 것이다. 그래서 포그는 전 재산의 절반인 2만 파운드를 내기에 걸고, 나머지 절반인 2만 파운드를 여행 경비로 하여 무작정 떠난다. 포그가 계획한 세계 일주는 영국의 런던을 출발하여 프랑스의 파리, 이집트의 수에즈, 예멘의 아덴, 인도의 뭄바이와 콜카타를 거치고, 싱가포르와 홍콩, 일본의 요코하마, 미국의 샌프란시스코와 뉴욕, 영국의 리버풀을 경유하여 다시 런던으로 돌아오는 경로이다. 포그는 이 긴 여행에서 그들이 사용할 모든 교통수단의 출발과 도착 시각을 기록해서, 그들이 사용하는 가장 짧은 시간을 계산해 두었다. 80일이라는 것도 이 계산의 결과이다.

가장 기억에 남는 문구는 "당신도 우리의 깃발 아래로 들어오겠소?"(295쪽) 이다. 책을 읽고 느낀 점은 나는 포그가 너무 존경스럽다고 생각한다. 80일간의 세계 일주를 하며 힘든 일도 있을 것이고 포기하고 싶은 마음도 가득했을 것 같은데 포기하지도 않고 해쳐나가 80일 세계 일주를 해낸 것이 너무 대단하다. 세계 일주를 하면 보상도 없고 돈을 준다는 것도 아닌데 자신의 마음과 호기심으로 세계 일주를 한다는 것이 너무 대단한 것 같다. 그래서 나는 포그처럼 한 일을 꾸준히 끈기 있게 해서 꼭 좋은 결과물을 해내고 싶다. 내가 지금 하고 있는 일, 목표들을 포기하지 않고 열심히 해낼 것이다!

훌륭한 건축물을

아침 햇살에 비춰보고

정오에 보고

달빛에도 비춰보아야 하듯이

진정으로 훌륭한 책은

유년기에 읽고

청년기에 다시 읽고

노년기에 또 다시 읽어야 한다.

로버트슨 데이비스 (Robertson Davies)

제 3 장

성장

끈기로 이루어진 이미지

(80일간의 세계 일주)

이나현

이 책은 80일 만에 아슬아슬하게 세계 일주를 하는 모험이야기를 담은 책이다. 80일만의 세계 일주라는 것이 과연 인간에게 어떤 삶의 뜻을 가르쳐 줄까? 라는 호기심과 함께 이 책을 읽어나가기 시작했다.

영국에 사는 포그 신사는 무척 침착하기로 유명했다. 어떤 일이 있어도 당황하지 않고 침착하며 자신이 지킨 계획은 꼭 지키는 성실한 신사였다. 포그는 새로운 하인, 파스파르투를 뽑았다. 파스파르투는 처음으로 고용이 되어 포그의 집을 둘러보고 있었다. 그 때 포그는 친구들과 게임을 하며 내기를 하였다. 80일 만에 세계 일주를 한다면 친구가 포그에게 엄청난 돈을 주기로 했다. 하지만 포그가 80일 만에 돌아오지 못한다면 포그의 전 재산을 주기로 하였다. 그렇게 포그는 그 날 당일 여행을 떠나기로 했고 파스파르투도 함께 갔다. 그렇게 둘은 기차를 타고 계획대로 움직이기 시작했다.

한편, 포그가 사는 동네에 은행 강도가 들었다. 강도를 목격한 사람들이 그의 몽타주를 그렸는데 포그와 닮아있었다. 경찰 픽스는 포그를 범인으로 확신하고 몰래 포그의 뒤를 밟게 된다. 포그는 봄베이에서 캘커타로 이동하는 기차의 운행 지연으로 어쩔 수 없이 코끼리를 타고 가게 된다. 코끼리를 타고 가다 어느 종교 단체에서 한 여성을 산채로 화장하려는 장면을 보게 된다. 포그는 정의로운 신사였기 때문에 참을 수 없었고, 아슬아슬하게 여성을 구하게 된다. 하지만 생각보다 구출시간이 오래 걸려 일정이 늦어지게 된다. 엎친 데 덮친 격으로 파스파르투는 픽스의 계략으로 혼자 상하이에 남겨지게 된다. 그는 돈을 구하기 위해 서커스단에 입단했다가 극적으로 포그와 재회하게 되었다. 그렇게 미국으로 가는 기차를 탔다. 하지만 거기서 인디언들에게 파스파르투가 인질로 잡히게 된다. 하지만 이번에도 포그가 구해낸다. 이런 과정을 거쳐 드디어 영국으로 돌아온 포그, 80일이 되기 전에 돌아왔지만 픽스가 영장을 내밀어 80일 날에 감옥에 갇히게 된다.

난 여기 나오는 포그 신사가 정말 마음에 든다. 나는 계획형이어서 계획 짜는 것을 좋아한다. 하지만 잘 지켜지지 않을 때가 있다. 피곤할 땐 세워둔 계획을 무시하고 자버린다. 친구랑 놀 땐 계획을 미뤄버린다. 난 이런 점이 스트레스였다. 그래서 최대한 고치기 위해 노력을 하고 있던 와중에 이 책을 읽게 되었다. 포그는 정말 자신의 계획이 한토시도 틀리지 않는 부지런한 신사다. 그렇다고 계획이 여유로운 것도 아니다. 독서시간, 게임시간, 취미시간, 수면시간 등등 계획이 가득하다. 그런데 이런 일정을 365일 매일매일 한 개도 빠지지 않고 지킨다니 정말 놀라웠다. 어떻게 보면 너무 답답하게 산다고 볼 수도 있지만 난 학생이니 공부 계획을 지키며 꾸준히 해야 하기 때문에 포그가 존경스러웠다.

그리고 포그 신사는 정신력도 대단한 것 같다. 이 책을 읽으며 그의 정신력에 계속 감탄할 정도로 그의 차분함은 지금까지도 인상 깊다. 나는 멘탈이 강한 편은 아니라 버럭 화를 내거나 눈물이 날 때가 있다. 고치기 위해 많은 시도를 하고 있지만 어렵다. 이렇다보니 순간 멘탈이 나가면 그냥 다 포기해버린다. 이건 학생한텐 치명적인 단점이다. 하지만 포그는 그렇지 않다. 거의 전 재산을 날릴 수도 있는 일에도 침착하다. 침착하면 갑작스러운 순간이 와도 여러 가지 방법을 생각해내 헤쳐 나갈 수 있다. 그리고 많은 시간을 낭비할 일도 줄어든다. 그래서 포그가 그 동네에서 유명하고 착실한 신사라고 소문날 수 있었나 보다. 그래서 그런지 난 이 책을 읽고 말만하는 나와 포그와 비교가 되어 더 열심히 계획을 지켰던 것 같다. 나 같은 고민이 있는 사람들은 이 책을 읽어보면 좋을 것이다. 이 책을 읽을 때마다 자신과 포그가 비교가 될 것이다.

그러나 이 책으로 느낄 수 있는 건 완벽함뿐만이 아니다. 물론 완벽함과 철저한 생활도 좋지만 포그처럼 가끔씩은 일상생활을 놓고 여행을 떠나는 것도 좋겠다고 생각을 하였다. 모험은 새로운 세계를 볼 수 있으며 시야가 넓어져 더 많은 생각을 할 수 있게 한다. 그리고 본업을 놓은 채 자유로워지기 때문에 스트레스 해소가 가능하다. 그래서 나도 모험을 떠나고 싶다는 생각이 들었다. 나중에 기회가 된다면 한번 멀리 가보고 싶다. 모험하니 드는 생각인데 아마 포그가 항상 한 치의 오차도 없이 살 수 있었던 이유는 가끔씩 떠났던 모험 때문이라고 본다. 침착한 신사의 80일간의 모험일기, 참 재미있었다. 내용이 흥미진진하니 읽어보는 것을 추천한다.

내 인생의 길잡이

(이상한 나라의 앨리스)

오수빈

「이상한 나라의 앨리스」는 누구나 어린 시절에 한 번쯤은 접해보 았던 이야기일 것이다. 나는 이 내용을 애니매이션으로 재밌게 보 았기 때문에 이 책을 받았을 때 더욱 더 기대가 되었다. 앨리스가 모험을 하는 도중 벌어지는 일들 속에서 우리에게 얼마나 의미 있 는 교훈을 주게 될지, 어떠한 질문으로 내 마음 속에 물음표가 생 기게 될지에 대해 생각을 하며 설레임을 품고 책을 조심스레 넘겼 다.

앨리스는 언니와 함께 있던 중 눈이 빨갛고 몸은 하얀 토끼를 발 견하고 토끼를 따라가게 된다. 토끼를 따라가서는 동굴 같은 곳으 로 떨어지게 되고 토끼를 놓치고 말았다. 혼자 남게 된 앨리스는 문을 발견하고 열어보려고 하지만 열리지 않았고 황금 열쇠를 발견 하여 다 넣어보고는 맞는 하나의 문을 찾게 되었다. 하지만 그 문 은 너무 작아서 앨리스가 들어가기에는 적절하지 않았다. 그래서 앨리스는 탁자 위에 있는 음료를 마시게 되고 몸이 줄어들게 된다. 하지만 케이크를 먹은 뒤 몸이 엄청나게 커졌다.

그렇게 앨리스는 이곳저곳 돌아다니다가 왕궁에 가게 된다. 왕비의 타르트를 훔친 도둑으로 오해를 받아 재판을 벌이는 곳에 가게 되었다.

재판에서는 모자장수 등이 나왔고 마지막으로 앨리스가 증인으로 불리게 된다. 하지만 제대로 증언이 이루어지지 않고, 왕비는 처형을 하라고 했다. 이에 앨리스는 말도 안 된다고 하고, 카드들이 뭘 할 수 있냐고 했다. 이에 카드들이 앨리스를 덮치고, 이 순간 앨리스는 꿈에서 깨게 되었다.

「이상한 나라의 앨리스」는 여성이 오랫동안 숨죽여 왔던 시대를 바탕으로 했다. 모험을 하며 만나는 동물에게 엘리스가 마음껏 질문을 던지는 모습이 거침없어 보였다. 지상에서의 조신한 숙녀의 모습에서 벗어나 나 자신에게 질문을 하며 진정한 자아를 찾아나갔다. 이러한 모습을 보고 앨리스가 현실 세계에서 많은 억압 때문에 자신의 꿈을 찾지 못하고 자아도 잃어버린 채 살아가고 있다는 것을 알 수 있었다. 내가 만약 그 당시의 여성이었다면 하루하루가 고통스러웠을 것 같고 숨이 턱턱 막힐 것 같다고 느꼈다. 왜냐하면 나의 권리를 존중해주지도 않고 말할 수 있는 권리를 박탈당했기 때문이다. 여성 또한 능동적인 주체로서 바깥 세상에 호기심을 가질 수 있도록 동등하게 기회를 부여해야 된다고 생각했다.

만남의 과정 속에서 누군가 나에게 3월의 토끼나 모자장수처럼 엉뚱한 이야기를 할 수 있고, 앨리스처럼 자신의 모험 이야기를 들려줄 수도 있다. 하지만 믿기지 않는 이야기라도 상대방에 말에 경청하는 태도를 가지며 말 하는 사람에 대한 예의를 갖춰야 한다고 생각했다. 그리고 말 속에 숨은 의미들을 파악할 필요가 있다고 느꼈다. 왜냐하면 좀 더 대화에 공감할 수 있고 원활한 소통을 할 수 있기 때문이다. 그리고 앨리스는 이야기를 들으면서 질문도 던졌는데 타인의 이야기에 궁금증을 갖는 것부터가 이야기가 오고 갈 수 있는 시작점이라는 것을 깨달았다. 그래서 나도 상대방의 이야기에 귀 기울이며 질문하는 과정을 거쳐야겠다는 필요성을 느끼게 되었다.

이 책에서 나의 마음에 가장 와 닿은 구절은 "유년기는 유년기 나름의 삶을 위하여 존재해야 할 것이다. 인생의 각 시기는 그 시기 나름대로 의미와 보람이 있는 법이다." 라는 구절이다. 왜냐하면 나의 인생이 무의미하다고 생각하는 사람들에게 따뜻한 위로를 건넬 수 있기 때문이다. 또한 반복되는 일상에 지쳐있는 나에게 이 구절은 삶의 생기를 불어넣어 주었다. 매 순간마다 소소한 추억들이 담겨있고 이 시기는 두 번 다시 오지 않을 것이라는 걸 깨닫게 해주었으며 현재의 시간을 소중하게 느끼게 해주었다.

이 책을 통해 나의 말을 경청해주는 누군가가 있다는 것에 대해 감사함을 느끼게 되었으며 존중 받으며 살아간다는 것이 그 무엇보다 어려운 일이라는 것을 깨달았다. 그리고 내가 보낸 시간, 시절은 어느 한 부분도 빠질 것 없이 나의 성장에 도움이 된다는 것을 알게 되었다.

세상을 살아가면서 물질적인 행복을 바라고 살아가기 보다는 정신적 행복을 추구하며 하루하루 의미 있게 살아가야 한다는 것을 다른 사람들에게 말해 주고 싶다.

모험을 하는 톰

(톰 소여의 모험)

오대송

어느 날 밤, 톰은 허클베리 핀과 함께 공동묘지에 갔다가 우연히 살인 현장을 목격한다. 살인범 인디언 조는 머프 포터 영감에게 누명을 씌우나 톰과 허클베리는 인디언 조의 보복이 두려워 그 사실을 비밀로 간직하기로 맹세한다. 양심의 가책을 느끼던 톰은 머프 포터의 재판에서 인디언 조의 범행을 밝히지만 인디언 조는 도망가 버리고, 톰은 조의 보복을 두려워한다. 그 후 허클베리와 함께 보물찾기에 나선 톰은 복수를 하기 위해 마을로 돌아온 인디언 조와 그의 보물에 대해 알게 된다.

그러던 중 톰은 짝사랑하는 여자아이 베키와 함께 맥두걸 동굴로 놀러갔다가 길을 잃고 마는데 동굴 안에서 이리저리 방황하던 톰은 동굴 속 깊숙한 곳에서 돌아다니는 조를 발견하고 몸을 숨긴다. 조를 피해 몰래 베키와 동굴을 빠져나온 톰은 조가 동굴에 있다는 사실을 알리지 않는다. 톰은 마을 사람들에게 베키를 동굴에서 구해 왔다는 칭찬을 듣고 동굴은 마을 사람들에 의해 폐쇄되어 조는 폐쇄된 동굴 입구에서 시체로 발견된다. 발견 당시 동굴의 철문에 얼굴을 바싹 대고 아사한 상태였으며 주변에는 두 동강 난 칼과 박쥐의 발톱이 여기저기 흩어져 있었다. 박쥐를 잡아먹다 양초까지 먹어치우지만 끝내 굶어 죽은 것. 시체는 동굴 입구 가까운 곳에 묻어 주었다. 톰은 허크와 같이 동굴의 봉쇄되지 않은 다른 출입구로 들어가서 조가 숨긴 보물을 찾아내고 마을로 돌아와서 보물을 찾아냄과 허클베리와 반씩 나눈다는 사실을 선언한다.

「톰 소여의 모험」을 읽고 기억에 남는 구절은 "이봐 헉 내가 부자가 됐다고 해서 산적이 되는 걸 포기한건 아냐.(p.406)" 내가 만약 부자가 되더라도 내 꿈과 노력들은 포기하지 않을 것이라고 나도 다짐하게 된 것 같다!! 그래서 제일 기억에 남은 것 같다.

이 책에서 가장 신경 쓰이는 등장인물은 톰 소여이다. 이유는 위기상황이 있어도 최대한 차분하게 하고 평정심을 유지하는 모습이 대단했고, 용기 있는 모습도 멋있었다. 그리고 나는 저자에게 하고 싶은 질문이 있다. 톰이 나중에 12,000달러를 어디에서 어떻게 쓸 것인지 궁금하다. 나라면 기부도 하고 사고 싶은 것도 많이 사고 먹고 싶은 것도 먹고 내가 하고 싶은 것들을 많이 할 수 있어 좋을 것 같다.

이 책을 읽고 느낀 점은 처음에는 톰이 장난도 많고 말썽꾸러기라고 생각했지만 알고 보니 톰의 마음은 넓고 이해심이 많고 용기 있는 아이였다. 책을 읽으며 톰이 어떤 아이인지 알게 되었다. 톰의 겉모습은 장난꾸러기지만 속은 아주 착하고 마음씨가 고운 아이라는 걸 알게 되어서 '나도 친구들에게 친절하고 착한 친구로 남았으면 좋겠다.' 는 생각을 하게 되었다.

장 발장의 구원자

〈레 미제라블〉

고대현

이 책을 읽기 전에 나는 뮤지컬로 〈레 미제라블〉을 먼저 접했었다. 뮤지컬을 보고 나서 소설로도 한 번 읽고 싶다고 생각했는데 이번 기회로 읽게 되어서 아주 좋은 것 같다. 이 책에는 장 발장이라는 인물이 나오는데 장 발장은 굶주리는 일곱 조카들을 위해 빵 한 조각을 훔치고 계속 탈옥을 해서 19년의 감옥살이를 했고, 전과자라는 이유로 마을 사람들이 아무도 장 발장을 받아주지 않는다. 그러다 장 발장은 마리엘 주교를 만나 주교가 자신의 집에서 하룻밤을 재워주고 장 발장이 훔친 은식기에 은촛대까지 선물로 주자 그 사실에 감명을 받고 새로운 삶을 살기로 결심한다. 마리엘 주교의 사랑에 감동받은 장 발장은 정체를 숨기고 마들렌이라는 새 이름으로 시장이 되어 가난한 이들을 도우며 개과천선하며 새로운 삶을 살겠다는 자신의 목표를 잘 이뤄내던 중 팡틴을 만난다. 죽음을 눈앞에 둔 팡틴은 자신의 딸 코제트를 장 발장에게 부탁한다.

그 이후 장 발장은 자신과 비슷하게 생긴 상마튜라는 사람이 장 발장이라는 이름으로 자기 대신 재판정에 선다는 것을 알게 되고 큰 고민을 한 후 재판정을 찾아가 자신이 진짜 장 발장임을 밝히고 다시 도형장으로 끌려간다. 그 이후 테나르디에 부부에게 혹사당하던 팡틴의 딸 코제트를 구하고 입양하여 장 발장이 키우기로 결심한다. 장 발장을 집요하게 쫓고 있던 경찰 자베르의 눈을 피해 수도원에서 포슐르방 노인에게 도움을 받으며 코제트를 키우다가 코제트에게 수도원 밖 삶을 보여주기 위해 파리로 이사한다. 이후 코제트는 마리우스라는 청년을 만나 둘은 사랑에 빠지게 되고 결국 결혼까지 하게 된다. 장 발장은 처음엔 코제트를 뺏긴 것 같은 분노에 사로잡혔으나 코제트와 마리우스 사이의 결혼 이후에 마리우스에게 자신이 전과자였음을 솔직하게 말한다. 그리고 장 발장은 자신과 함께 있으면 코제트까지 위험해질 수도 있다는 이유로 코제트를 마리우스에게 맡기고 떠난다. 테나르디에는 장 발장을 모함하지만 마리우스는 오히려 프랑스 6월 봉기에서 마리우스가 죽을 뻔한 것을 장 발장이 구해주었다는 사실을 깨닫는다. 마리우스가 장 발장을 찾아갔을 때 장 발장은 이미 코제트를 보지 못해 슬퍼서 죽어가는 중이었고, 코제트와의 재회를 기뻐하며 삶을 끝낸다.

　내가 이 책을 읽고 난 후 장 발장이라는 인물이 자신의 조카들을 위해 빵을 훔친 후 탈옥을 계속하다가 19년 동안이나 감옥 생활을 한 것이 매우 슬프고 비극적인 일이라고 생각했고 장 발장이 마리엘 주교를 만난 이후 착하게 살겠다고 다짐을 하고 마들렌이라는 이름으로 시장이 되어서 가난한 사람들을 돕고 돈도 많이 기부하는 등 착하게 살려고 많은 노력을 하는 것이 대단하다고 생각했다. 나도 그런 장 발장처럼 내가 다짐한 것은 꼭 이루기 위해서 노력해야겠다고 생각했다. 또 장 발장은 자신을 대신해서 재판장에 가서 대신 재판을 받고 있다는 사실을 알게 되고 그 사실을 알게 된 후 깊은 고민 끝에 착하게 살기 위해서는 이렇게 해야 한다고 생각하고 재판장에 가 자신의 정체를 밝히는 것을 보고 나라면 그렇게 하지 못하고 벌 받는 것이 두려워서 조용히 있을 것 같지만 벌 받는 것을 두려워하지 않고 용기 있게 착하게 살고자 하는 다짐을 이루고자 하는 마음이 대단하다고 생각했고 나도 그것을 본받고 싶다고 생각했다.

그리고 그 이후 장 발장이 팡틴의 딸인 코제트를 매우 아끼며 키우다가 마리우스라는 청년과 결혼한다는 사실을 알게 되고 화를 내는 모습을 보고 장 발장이 코제트를 매우 아끼고 사랑했구나라는 사실을 깨달았다. 그 이후 장 발장은 자신은 경찰인 자베르에게 쫓기고 있었으므로 같이 있다가는 코제트마저 위험해진다며 마리우스에게 맡기고 떠나는 장면이 너무 슬펐고 마지막에 장 발장이 다 죽어가는 도중에 삶의 마지막에 코제트를 봐 행복하게 삶을 마감하는 모습을 보고 장발장에게 가장 소중한 사람은 코제트이고 장 발장이 매우 힘든 삶을 살아온 것 같아 안타깝고 매우 슬펐다.

전쟁과 함께하는 싱클레어와 데미안의 성장과정

(데미안)

김민정

「데미안」은 주인공 '싱클레어'의 성장 과정에 대한 내용이다. 싱클레어는 늘 선과 악 사이에서 방황을 한다. 싱클레어는 선악의 양면성을 지닌 완벽한 신인 아브락사스를 추종을 한다. 이 이야기는 전쟁이 일어날 때 싱클레어가 성장 과정을 쓴 내용이다. 결말로 싱클레어와 데미안이 전쟁에 함께 참전한다. 이 이야기의 끝이 전쟁인 것을 알게 되었다. 이 말을 듣고 놀라게 되었다. 전쟁으로 인한 사람들의 아픔이 담겨있는 것 같기 때문이다. 「데미안」을 읽고 싱클레어가 불쌍하다는 생각이 들었다. 왜냐하면 싱클레어는 항상 선과 악 사이에서 방황을 하고 그런 자신을 힘들어했기 때문이다.

가장 인상 깊었던 구절이 있다. "새는 알을 깨고 나온다. 알은 새의 세계이다. 태어나려는 자는 한 세계를 파괴해야만 한다. 새는 신에게로 날아간다. 신의 이름은 아브락사스이다." 이 구절은 데미안이 한 말이다. 이 구절이 인상 깊었던 이유는 싱클레어가 데미안을 가장 좋아하는데 데미안이 한 이 말을 답장으로 받았는데 데미안이 힘들어하는 싱클레어에게 힘을 내라고 해주는 말 같았기 때문이다.

나는 이 책을 읽고 데미안과 싱클레어의 사이가 좋은 것을 보고 나의 우정에 대해 생각해보는 시간을 가지게 되었다. '나의 우정은 어떨까?' 라는 생각을 해 보았다. 내가 생각하기에는 나의 우정이 좋은 것 같다고 생각한다. 왜냐하면 학기 초 친구가 없어서 혼자 있었는데 한 친구가 나에게 다가와서 같이 놀자고 말해주었다. 그래서 너무 좋았다. 그 후 그 친구와 친해지고 또 다른 친구 2명과 더 친해져 내 친구들이 3명이 되었다. 이 친구들과 1년 동안 지내면서 친구들이 서로 잘 대해주고 도와주고 장난도 치고 하면서 사이가 더 돈독해졌다. 친구들과 여기저기 많이 놀러도 가고 고민이 있을 때 들어주고 도움을 주고 힘들 때 위로도 해주고 친구들이 잘 대해 주었다. 이렇듯 나의 우정은 데미안과 싱클레어의 우정처럼 좋다고 생각한다. 나는 이 친구들과 평생 친구가 되고 싶다. 이보다 더 좋은 친구들은 없을 것 같다. 헤어지면 정말 아쉬울 것 같다. 서로 도움을 주는 데미안과 싱클레어처럼 나도 친구들이랑 서로 도움을 주고 행복을 나누고 싶다.

이 책을 읽고 전쟁에 대해 다시 생각을 해보는 시간을 가지게 되었다. 전쟁이란 무엇일까? 전쟁이라는 단어가 참 아프고 슬픈 것 같다. 전쟁으로 인해 많은 사람들이 희생을 당하고 아픔에 시달리는 것이 참으로 안타까웠다. 전쟁에 대해 떠오르는 생각을 정리해본다. 내가 만약 전쟁에 참전을 하게 된다면 내가 잘할 수 있을까? 내가 만약 전쟁을 하다가 죽게 된다면 어떻게 될까? 내가 전쟁으로 아픔을 겪게 된다면 어떤 기분이 들까? 전쟁은 사라질 수 없는 존재인가? 전쟁이 일어난다면 우리의 삶은 어떻게 변할까?

악의 세계와의 싸움

(데미안)

박시현

이 책은 자신의 정체성을 찾아가는 싱클레어라는 남자의 이야기인데, 줄거리는 대략 이렇습니다. 책의 첫 부분은 주인공인 싱클레어가 자신의 유년 시절을 생각하는 장면으로 시작됩니다. 싱클레어는 세상이 선과 악, 두 세계로 공존하고 있다고 말합니다. 그리고 그는 선의 세계에서 평화롭게 생활하다가 나쁜 친구를 만나서 폭력과 괴롭힘이 있는 악의 세계로 빠지게 됩니다. 하지만 그때 데미안이라는 소년이 싱클레어를 악의 세계에서 빠져나오게 해주고, 싱클레어는 무사히 졸업합니다. 그 후 싱클레어는 학업으로 인해 다른 곳으로 공부하러 가버리고, 데미안과는 헤어집니다. 그리고 그곳에서 어떤 여성을 보게 되고 그녀를 그림으로 그려 베아트리체라는 이름을 붙여줍니다. 하지만 놀랍게도 그 얼굴은 데미안의 모습이었고, 싱클레어는 충격을 받습니다. 그리고 시간이 지나서 다시 고향으로 돌아온 싱클레어는 데미안에게 종이쪽지 한 장을 받고, 그 쪽지에는 아브락사스에 대한 글이 적혀 있었습니다. 그리고 싱클레어는 아브락사스가 무엇인지 깊게 고민합니다.

그러던 중 싱클레어는 오르간 연주자인 피스토리우스를 만나고, 그와 대화하면서 자신의 사고방식이 더 자유로워지는 것을 느낍니다. 그리고 싱클레어는 크나우어라는 소년을 악으로부터 구해주고 마지막 방학 때 데미안이 살던 집으로 갑니다. 그곳에서 싱클레어는 데미안과 그의 어머니를 만나고 두 사람과 많은 대화를 나누면서 안정감을 느낍니다. 하지만 그러던 중 전쟁이 터져버리고 데미안이 전쟁에 나간 후 싱클레어가 뒤이어 전쟁에 나가게 됩니다. 그리고 싱클레어는 정신을 잃고 임시 병동에 누워있었는데, 놀랍게도 그 옆에는 데미안이 누워 있었습니다! 그리고 데미안은 싱클레어에게 한마디 조언을 해주고, 싱클레어는 깨어나자마자 데미안을 찾았지만, 그는 어디에도 보이지 않는 것으로 끝이 납니다.

제가 이 책을 읽으면서 가장 인상 깊었던 장면은 싱클레어가 데미안을 처음으로 만나는 장면입니다. 줄거리에서 보셨다시피 악의 세계에 빠져버린 싱클레어에게 데미안이라는 소년이 접근해옵니다. 그리고 데미안은 카인과 아벨 이야기에 나오는 이마의 표적에 관해 이야기하며 싱클레어를 머리 아프게 만듭니다. 이 이야기에서 카인은 성경에서의 인류 최초의 살인마인데, 동생인 아벨을 죽였습니다. 그리고 그 결과 카인은 이마의 표적을 받게 되는데, 데미안은 이 장면을 '카인이 강자이기 때문에 신에게 보상받은 것'이라는 이상한 해석을 합니다. 그래서 싱클레어도 처음에는 이상하다고 생각했지만, 자신의 사고방식이 더욱 자유로워지는 것을 느낍니다. 하지만 그 뒤로도 싱클레어는 크로머에게 계속해서 괴롭힘을 받았지만, 데미안이 그 문제를 해결해 줍니다.

그리고 데미안은 그저 크로머와 한 차례 이야기했을 뿐이라고 말합니다. 그리고 싱클레어는 데미안의 위력에 감탄하게 되고, 가족에게 자신의 죄를 털어놓고 용서받습니다. 그래서 저는 데미안이 싱클레어의 인생을 완전히 바꾸어주는 것을 보고 데미안이 정말 대단하다고 느꼈습니다. 그리고 제가 이 책을 읽으면서 가장 인상 깊었던 구절은 데미안이 싱클레어에게 보낸 편지에 적힌 문장인 '새는 알에서 나오려고 투쟁한다. 알은 세계이다. 태어나려는 자는 하나의 세계를 깨뜨려야 한다.'입니다. 이 구절은 싱클레어가 데미안에게 받은 쪽지에 적혀있던 문장이었는데요. 결국 싱클레어가 자유로운 생각을 할 수 있었던 것은 이 쪽지 때문이었고, 그로 인해 저는 이 구절이 더욱 신비롭게 느껴졌습니다.

제가 이 책을 읽으면서 느낀 점은 악의 세계에 빠지면 정말 위험해진다는 것입니다. 이 소설의 첫 부분에서는 싱클레어가 악의 세계에 빠져버리지만, 다행히 데미안의 구출로 다시 선의 세계로 올 수 있었습니다. 그리고 비슷한 과정으로 크나우어도 불행에서 벗어날 수 있었습니다. 그래서 저는 악의 세계에 빠지지 않기 위해 항상 긍정적인 생각을 해야겠다고 다짐했습니다.

토끼를 따라 이상한 나라로

(이상한 나라의 앨리스)

윤혜린

「이상한 나라의 앨리스」는 영화랑 책으로도 봤고 영어 본문에도 많이 나와서 내용을 대충 알았는데 자세하게 읽으니 더 재밌고 보는 맛이 있었다. 「이상한 나라의 앨리스」는 '앨리스'라는 소녀가 토끼를 따라서 이상한 나라에 가 생기는 여러 이상하고 신기한 이야기들을 담은 책이다.

「이상한 나라의 앨리스」에서 가장 공감이 간 인물은 주인공 '앨리스'이다. 왜냐하면 '앨리스'는 처음에 이상한 나라에 왔을 때는 스스로 자신에게 닥친 일을 해결하기 어려워했는데 이상한 나라에서 여러 일들을 겪으면서 마지막에 '여왕'에게 당당하게 소리친 것을 끝으로 성장했는데 나도 아직은 갈 길이 멀지만 중학교에 올라와서 처음에는 어리둥절하고 적응이 어려웠는데 중학교 생활을 하면서 시험, 수행평가, 수련회, 조별과제 등 여러 일들을 겪고 '앨리스'처럼 성장했다고 느꼈기 때문이다. 또한 호기심 많은 '앨리스'의 성격이 나랑 비슷한 것 같기도 하다.

「이상한 나라의 앨리스」를 읽고 나는 처음에는 앨리스의 전체적인 내용은 알고 있어서 딱히 책을 읽고 특별히 느낀 점은 없다고 생각했는데 막상 읽어보니깐 생각할 것들이 많은 책이라고 느꼈다. 앨리스가 처음에는 도움 받기를 원하고 마냥 어린 소녀였다면 마지막 부분에서는 결국 '여왕'에게 소리치는 경지까지 성장했는데 이를 통해 나도 앨리스만큼 단기간에 성장하지는 못하지만 조금씩, 천천히 성장해야겠다고 생각했다. 또한 '앨리스'는 호기심이 많아서 궁금한 건 참지 못하고 행동으로 옮기는데 궁금한 것이 있으면 끝까지 알아내려고 하는 자세는 좋지만 '앨리스'는 그것이 너무 지나쳐서 문제라고 생각하는데 그 이유는 이상한 나라에서 위험할 수도 있는 요소들을 호기심을 이기지 못하고 건드려 보거나 사용하기 때문이다. 특이하고 이상한 사건이 많았는데 나는 이거 또한 재미 요소라고 생각하고 즐겁게 읽었다. 그리고 내 생각에는 '앨리스'는 내 또래인 것 같은데 이상하고 위험한 일들이 닥쳐도 잘 풀어나가는 모습이 대단하고 본받고 싶다.

「이상한 나라의 앨리스」 등장인물 중 가장 관심이 가는 인물은 수수께끼 고양이 '체셔'이다. 왜냐하면 '체셔'는 '앨리스'가 도움이 필요한 일이 있을 때 나타나서 '앨리스'에게 도움을 주기도 하지만 가끔 곤란하게 하는 미스터리한 등장인물이기 때문이다. 도움을 주기도 하고 곤란에 빠뜨리기도 해서 착한역인지 악역인지 구분이 안 가는 것은 덤이다. 또한 '체셔'는 우리가 평소에는 보는 귀여운 생김새의 고양이와 다르게 기괴하고 무서운 생김새라서 더 기억에 남았다. 「이상한 나라의 앨리스」에 등장하는 인물들의 대부분이 '체셔'처럼 익숙하지 않은 생김새이지만 유독 보라색 고양이인 '체셔'가 기억에 남았다.

「이상한 나라의 앨리스」를 읽으면서 "그렇다면 어느 길로나 가도 돼"라는 구절이 가장 내 마음에 들어왔다. 왜냐하면 이 구절은 '앨리스'가 이상한 나라에서 나갈 수 있는 길을 '체셔'에게 묻고 '체셔'가 어디로 가고 싶으냐고 묻자 '앨리스'가 아무 곳이나 상관없다는 말에 대답인데 나는 이 구절을 마음만 먹으면 어떤 방법으로도 목표를 이룰 수 있다는 말로 해석했기 때문이다. 내가 간절히 이루고 싶은 목표가 있다면 "그렇다면 어느 길로나 가도 돼"라는 구절처럼 어떤 길로 가도 그 목표가 날 기다리고 있을 것 같다. 「이상한 나라의 앨리스」라는 책은 다른 고전들과는 색다른 내용과 느낌이라는 생각이 들어서 더 재밌게 읽은 것 같다.

선과 악

(데미안)

윤혜린

「데미안」이라는 책은 이름도 들어본 적이 없는 책이라서 무슨 내용인지 궁금했는데 읽어보니 지금까지 읽었던 책 중 가장 신비하고 몽환적이었다. 또한 책 제목은 「데미안」이지만 주인공은 '싱클레어'인 것에 당황하기도 했다 「데미안」의 대략적인 줄거리는 자신의 거짓말로 인해 고통 받던 '싱클레어'를 '데미안'의 구원으로 시작되는 '싱클레어'의 비행과 선, 악에 대한 성장 이야기이다.

나는 「데미안」을 읽으면서 주인공 '싱클레어'에게 공감이 가장 많이 갔다. 왜냐하면 '싱클레어'는 초반에 선과 악에 대해서 고민에 빠졌는데 나도 나이가 14살인만큼 사춘기 영향인지 내가 하는 행동이 잘하는 행동인지 고민할 때가 많았기 때문이다.

아직도 종종 내 행동에 대해서 고민하지만 언젠가는 '싱클레어'

처럼 이 고민에 대한 결과가 나오기를 바란다. 「데미안」은 등장인물 중 한 명인 '데미안'의 영향인지 신비로우면서도 몽환적인 느낌이었다. 초반에 '싱클레어'가 친구들 사이에서 돋보이고 싶어서 거짓말을 했는데 나는 이 행동이 옳지 않다고 생각한다. 도둑질을 멋있다고 생각하는 사고와 거짓말을 하는 행동 자체도 나쁜 것이지만 자신의 거짓말로 인해 결국 자신한테까지 피해를 끼쳤으니 더 옳지 않은 행동 같다. 그리고 전학생이며 '싱클레어'의 친구인 '데미안'은 침착하고 또래보다 어른스러운 사고를 가지고 있어서 항상 '싱클레어'의 고민에 대해 해결책을 제시해주는데 나도 '데미안'의 이런 점을 본받고 싶다. 왜냐하면 '데미안'의 해결책으로 항상 '싱클레어'는 구원되고 고민을 해결하는데 나도 나의 가족과 친구들의 고민을 해결해주고 웃는 미소를 보고 싶기 때문이다. 또한 비행에 빠진 '싱클레어'에게 '데미안'이라는 친구가 있어서 다행이라는 생각이 들어서 둘의 우정을 응원해주고 싶다.

「데미안」에서는 주인공 '싱클레어'나 신비주의 캐릭터 '데미안'처럼 매력적인 인물들이 많지만 나는 '싱클레어'가 김나지움에서 만난 기숙사 친구 '베크'에게 관심이 갔다. 왜냐하면 '베크'는 '싱클레어'가 술 등의 좋지 않은 길로 빠져들게 한 인물이기 때문이다. 또한 등장 초반에는 '싱클레어'의 비행에 주축이 되어 큰 관심이 안 갔지만 후반에는 항상 고독함을 느끼고 자신의 비행에 괴로워해

안타깝기도 했다.

「데미안」을 읽으면서 "자신을 다른 사람과 비교하지 말아요. 자연이 당신을 박쥐로 만들었다면, 스스로 타조로 만들려고 해서는 안돼요."라는 말이 가장 내 마음에 와 닿았는데 그 이유는 나는 항상 친구들과 나 자신을 공부 등 여러 면에서 비교하고 나 자신을 깎아내렸는데 이 글을 보니 누구와도 비교할 필요가 없다는 생각이 들었기 때문이다. 난 자존감이 낮은 편이라서 더더욱 이 말이 나에게 더 와 닿았다. 이제 마지막 책인 「데미안」을 다 읽음으로써 고전활동이 다 끝났다. 더 이상 다양한 종류의 고전을 학교에서 읽지 못해 아쉽기도 하지만 뿌듯하기도 하다. 앞으로도 꾸준히 독서해야겠다.

성장

(데미안)

이나현

유명한 독일 작가 헤르만 헤세의 유명한 소설책 「데미안」. 모두가 읽는 필독 도서라고 해서 읽게 되었지만 소설 속의 이야기는 오직 나에게만 속삭이는 메시지인 듯 심장 속을 파고들었다.

Der Vog el kampft sich aus dem Ei
(새는 알에서 나오기 위해 투쟁한다)

모범생인 유약한 싱클레어. 친구들 앞에서 허세 섞인 거짓말을 하다 일진에게 괴롭힘을 당한다. 그러던 중 싱클레어는 데미안의 도움으로 일진에게서 벗어난다. 자신을 구해준 멋진 친구 데미안. 하지만 본인의 수치를 알고 있는 데미안에게 다가가지 못하고 쭈뼛거리다가 전학을 가게 된다. 싱클레어는 어른으로 성장한 후에 우연히 첫사랑 베아트리체의 얼굴을 그리다가 데미안과 닮았다는 사실에 소스라치게 놀란다. 데미안의 존재가 마음속에 크게 존재했다는 걸 깨닫게 된다. 싱클레어는 데미안에게 편지를 보내게 되고 답장을 받게 된다.

'새는 알에서 나오려 투쟁한다.

알은 세계이다.

태어나려는 자는 한 세계를 깨뜨려야 한다.

새는 신에게로 날아간다.

그 신의 이름은 아프락사스'

싱클레어는 데미안을 다시 만나고 데미안의 어머니와 사랑에 빠진다. 세계 1차 대전에 참전하게 된 싱클레어는 부상을 당하게 되고 병원 옆 침상에서 만나게 된 데미안에게 꿈같은 이야기를 듣는다. 데미안은 다음날 아침 사라진다.

'꼬마 싱클레어 잘 들어

나는 이제 가야돼

너는 어쩌면 다시 내가 필요할지도 몰라

그럴 때 네가 나를 부르면

난 기차를 타고 오진 못 할거야.

그럴 땐 너는 네 안에 귀를 기울여야 해.

그럼 내가 네 안에 있음을 알게 될 거야.

알겠니?'

알에서 나오려 투쟁하는 새는 싱클레어이다. 싱클레어는 곧 글을 읽는 나이고 데미안은 내 마음속의 강함, 용기, 결단이다. 데미안은 숨을 멎게 하는 첫사랑 베아트리체이기도 하고 열병 같은 사랑인 데미안의 어머니이기도 하다. 데미안이 말한 아프락사스는 선과 악이 공존하는 신이다. 선과 악이 명백한 아이의 세계에서 벗어나 선과 악이 뒤섞인 어른의 세계로 성장해서 날아오라는 손짓 같기도 하다. 데미안은 클레어의 친구인 것 같기도 하고 첫사랑과 찐 사랑 같기도 하고 싱클레어 내면의 강함인 것 같기도 하다.

작가인 헤르만 헤세는 실제로 독일인으로서 전쟁을 겪고 전쟁을 반대하고 독일 국민의 미움을 사 정신병도 걸렸다고 한다. 작가가 겪은 아프락사스는 혼란과 아픔 그 자체였을 것 같다. 그 와중에 찾아온 데미안은 정신의 평화를 준 구세주였을까? 내 안에는, 모든 인간의 내면에는 싱클레어와 그를 구원해줄 데미안이 있겠지. 아프락사스. 선과 악이 공존해야만 하는 세상에서 모두가 스스로를 구원했으면 좋겠다.

긴 하루 끝에 좋은 책이
기다리고 있다는 생각만으로
그날은 더 행복해진다.

캐슬린 노리스 (Kathleen Norris)

제 4 장

응기

세상을 향한 날카로운 풍자

(걸리버 여행기)

이나현

1724년 작. 영국인인 조너선 스위프트의 「걸리버 여행기」. 현대지성 출판사에서 나온 415쪽짜리 두꺼운 책 한권은 초등시절 읽은 동화책 「걸리버 여행기」 스토리의 긴 버전이라고 생각하고 펼쳤다. 흥미진진한 탐험기를 기대하며 읽기 시작했다. 하지만 첫 번째 탐험국인 소인국부터 예상과는 달랐다. 어려운 문장과 상상하기 쉽지 않은 물체와 인물들의 묘사가 독서의 속도를 더디게 만들었다.

게다가 소인국-거인국-라퓨타-영생의 섬-영국-선상의 반란-후이늠국까지 이어지는 탐험기는 스토리가 길었다. 탐험기라고 주장하는 주인공 걸리버의 주장 때문에 걸리버의 고향 영국과 걸리버가 탐험한 소인국 외 여러 나라들이 꼭 한 지구 안에 공존하는 착각도 들어서 머릿속이 혼란스러웠다. 걸리버가 책 속에서 묘사하는 여러

나라들의 모습은 글만 읽고 머릿속으로 상상하는 것에 한계를 느껴서 종이에 그림을 한 번 그려보았지만 그마저도 쉽지 않았다.

소인국의 나라 모습이다. 외줄타기 경연대회를 통해서 왕의 총애를 얻어 대신에 임명되기, 신발 굽 높은 당과 낮은 당의 대립, 왕이 계란을 깰 때 좁은 쪽으로 깨라는 명령을 두고 전쟁을 벌이는 사연, 걸리버가 오줌을 누어서 왕비가 사는 궁궐의 불을 꺼 줬더니 왕비가 불쾌감을 느끼고 걸리버의 눈알을 빼버리려는 이야기는 황당함 그 자체였다. 거인국에서는 걸리버는 요정 같은 작은 몸으로 서커스를 죽도록 다니다가 왕비의 총애를 받고 룰루랄라 하던 중 독수리의 짓으로 바다에 던져진다. 세 번째 라퓨타에서는 학문적인 실험과, 사색에만 빠져서 사는 지배층으로 인해 국민들은 굶어 죽고, 네 번째 영생의 섬에서는 태어날 때부터 선택받은 몇몇이 영생을 얻지만 그들의 노후는 빈곤만이 있을 뿐이다.

걸리버는 중간 중간 영국으로 돌아와 가족들의 생계를 해결해주곤 다시 탐험을 떠나게 되는데… 생계를 해결하는 방법은 의사로서 뱃사람들을 진료하고, 땅이나 건물의 임대료를 받는 것이었다. 글을 읽는 나는 걸리버가 그동안 탐험한 소인국과 거인국, 라퓨타와 영생의 섬을 읽은 탓에 이제는 영국의 생계 해결 방식이 상식적인지 비상식적인지 구분이 안 되는 상식의 기준을 잃어버렸다. 항상 항해 도중 태풍에 휘말리는 걸리버처럼 나도 세상 논리가 무너지는 큰 태풍에 휘말린 것일까?

 독수리 때문에 거인국을 나와 영국의 상선에 타게 된 걸리버의 눈에는 거인보다 작은 인간의 모습이 흉하고 가소로워 보인다. 걸리버는 거인국에서 2년간 큰 목소리로 대화를 했기 때문에 영국 상선의 인간들에게도 계속 소리를 질렀다. 이런 행동 기준의 상실이 글을 읽은 나에게도 전염된 것이다. 마지막 후이늠국에서는 야만적이고 미개한 원시인을 다스리는 네 발 달린 우아한 말이 등장한다. 말은 걸리버에게 인간이 사는 영국의 모습을 물었고 걸리버는 전쟁과 수탈이 난무한 인간 역사를 말해준다. 말은 걸리버에게 인간과 후이늠국의 원시인이 '같다' 라는 말을 하고 이 말을 들은 걸리버는 영국으로 돌아와 마굿간의 말과 대화하며 여생을 보내면서 이야기는 끝나게 된다.

 아마 우아하고 고귀한 말에게는 소인국 거인국 외 여러 나라들과 영국이라는 문명국과 후이늠국의 그들이 다스리는 원시인이 다 같은 미개인처럼 동일시되었을 것이고 걸리버가 하고 싶은 풍자가 바로 이것일 것 같다. 아마 이 긴 소설에는 아직 내가 이해하지 못한 더 심오한 풍자나 교훈이 더 있을 수도 있을 것 같다. 별로 중요하지도 않은 무의미한 것에 온갖 의미와 이유를 덧씌우며 끊임없이 싸움을 하는 인간 전쟁을 비꼬는 것 같아서 책을 덮는 마음이 무거웠다.

로빈슨 크루소의 모험

(로빈슨 크루소)

김민정

학교에서 하는 인문고전 읽기로 「로빈슨 크루소」를 읽게 되었다. 로빈슨 크루소가 부모님의 말을 무시하고 바다로 떠나서 엄청난 고난을 겪었는데도 포기하지 않고 계속해서 바다에서 여행을 하는 것이 끈기가 있고 대단하다고 생각했다. 이 내용의 마지막 구절을 보면 "이 모든 일들과 그 뒤로 십 년 동안 계속된 내 새로운 모험들 중에 겪었던 깜짝 놀랄 만한 사건들에 대해서는 제 2부에서 자세히 이야기하게 될 것이다." 라는 구절이 있는데 처음 이 구절을 읽고 너무 놀랐다. 왜냐하면 이러한 힘든 일들을 십년 동안 로빈슨이 진행해 왔기 때문이다.

가장 인상 깊었던 구절은 "만약 야만인들이 나타나면 나를 잡아먹을 거예요. 그럼 주인님은 도망치세요."이다. 왜냐하면 로빈슨 크루소를 도와 모험을 떠나는 인물인 '슈리'가 주인인 로빈슨 크루소를 사랑했기 때문에 자신을 희생하려고 하기까지 해서 정말 인상 깊었다. 내가 이 책에 관하여 퀴즈를 만들어 본다면 이렇게 만들 것이다. 로빈슨 크루소는 야만인 젊은이에게 왜 '프라이데이'라는 이름을 지어줬나요? 왜냐하면 로빈슨 크루소가 프라이데이라고 이름을 지어준 이유가 신기하고 재미있었고 이름을 잘 지어주었기 때문이다.

가장 관심이 갔던 인물은 주인공인 '로빈슨 크루소'이다. 왜냐하면 로빈슨 크루소가 많은 실패를 겪어도 포기하지 않고 계속해서 모험을 하고 즐기는 모습이 좋았고 내가 이러한 점들을 본받고 싶었기 때문이다. 그리고 이렇게 힘든 모험을 하였는데 모험을 그만하지 않고 10년 동안이나 모험을 더 하면서 즐긴 것이 대단하고 끈기 있다고 생각했기 때문에 로빈슨 크루소가 이 책을 읽으면서 가장 관심이 갔다.

내가 이 책의 마지막 장면을 다시 써본다면 이렇게 쓸 것이다. 로빈슨 크루소는 이 험난한 모험을 마치고 집으로 돌아갔다. 로빈슨 크루소는 기나 긴 시간 후에 부모님을 만났다. 부모님은 로빈슨 크루소가 돌아 올 것이라고 믿고 계속 기다리고 있었다. 이 세 사람은 만나자 마자 안고서 눈물부터 흘렸다. 세 사람은 식탁에 마주 앉아 로빈슨 크루소가 겪은 모험에 대해 엄청나게 긴 시간 동안 이야기를 하고, 듣고 하였다. 이제 로빈슨 크루소는 모험에 관심을 가지게 되어 부모님의 허락을 받고 모험가로 생활을 하게 되었다.

　나는 이 책을 읽으면서 사람의 끈기는 대단하다고 생각했다. 포기만 하지 않는다면 끝까지 성공을 할 수 있고 그 성공을 통해 크게 성장할 수 있다는 걸 알게 되었다. 그래서 나도 앞으로 쉽게 포기하지 않으려고 하고 끈기를 기르려고 노력을 할 것이다. 로빈슨 크루소가 모험을 즐기는 것처럼 나도 내가 즐기는 것을 찾아서 그것을 위해 열심히 노력할 것이다. 마지막으로 로빈슨 크루소의 끈기를 칭찬해 주고 싶다.

익숙한 자유의 소중함

(동물농장)

이나현

조지 오웰의 「동물농장」을 읽으면 북한 사회가 생각난다. 텔레비전에서 본 원수의 우상화, 노동 착취, 세뇌 교육. 그리고 7계령. 이 책은 1945년에 작가가 썼다고 하는데, 지금 2022년의 북한 모습과 너무 닮아 있어서 깜짝 놀랐다. 소설 속에서 불쌍한 말-복서를 생각하면 눈물이 줄줄 날 정도로 화가 났다. 독후감을 쓰면서도 못된 돼지들을 생각하면 줄거리를 떠올리기가 싫다. TV나 유튜브에서 본 깡마른 북한 주민들이 생각나기 때문에 더 끔찍한 느낌이다.

내가 독후감을 쓰는 것은 책 줄거리 소개만이 목적이 아니다. 혹시 내가 쓴 독후감을 읽고 「동물농장」이라는 책을 볼 작정이었다면 내가 왜 불쌍한 말 복서를 생각하며 눈물까지 흘렸는지를 궁금해 하며 책을 읽어보기 바란다.

이 책은 농장주인인 인간을 몰아내고 동물들이 권력을 잡았을 때의 모습을 그려내고 있다. 농장주인인 인간을 몰아내고 돼지가 지배하는 동물농장은 과연 유토피아가 될 수 있을까? 농장을 구성하는 갖가지 동물들-돼지, 개, 말, 닭-이 다같이 노동하고 공동이익을 모든 동물이 평등하게 나누어 가지면 가능하지 않을까?

그러면 왜 인간은 그런 유토피아를 이루지 못했을까? 할 수 없었던 것인가, 하기 싫었던 것인가. 어쩌면 유토피아란, 농장에서 나오는 모든 이익을 아무에게도 나눠 갖지 않고 오로지 농장주인 인간 혼자만 갖는 것이 사실은 행복한 유토피아적인 욕심일수도 있겠다. 그 욕심이 돼지에게로 옮겨간 것뿐이다. 돼지가 욕심을 이룰 수 있었던 이유는 1.무서운 폭력 2.어려운 지식 3.세뇌교육 4.공동의 적을 이용함이었다. 이렇게 해서 다른 동물들의 노동력을 공짜로 얻고 이익은 모두 돼지만이 가질 수 있었다.

나는 책을 읽고 이 독후감을 쓰면서 왜 북한 같은 공산주의는 왜 이리 악랄하고 나쁜지 가족들과 얘기를 나누었다. 부모님은 북한뿐만이 아니라 전 세계의 이익은 소수(돼지)에게 집중되어 있다고 했다. 나도 우리나라 역사를 학교에서 배웠고 세계사는 책으로 읽었다. 하지만 경제의 부가 어디에 집중되었는지는 한 번도 관심 가진 적 없었고 내가 그동안 배운 책에서도 가르쳐 주지 않았다. 나는 화가 났지만 지금은 슬퍼졌고 이제는 공포감도 느낀다. 나와 내가 사랑하는 가족도 친구도 이제는 동물농장 안에 들어있는 동물들처럼 느껴졌기 때문이다. 우리가 힘없는 닭이나 말 같아서 슬프고 무서웠고 돼지처럼 가지지 못해서 화가 나는 감정도 불쑥 올라왔다.

이런 내가 꿈꾸는 유토피아는 과연 뭘까? 난 책을 덮으면서 내가 추구하는 세상은 어떤 모습이 되어야하나 심각하게 고민하게 되어서 조금 힘들었다. 아직은 뭐가 뭔지 사실 뒤죽박죽이고 내가 알고 있는 사실도 없기 때문이다. 크고 어둡고 내가 모르는 절대적인 큰 힘이 조종하는 세상 같다. 부모님은 그래서 공부를 하고 역사를 배우고 책을 읽어서 깨우쳐야 한다고 말씀하셨다. 많이 고민하고 배우고 또 읽어야겠다. 배부른 돼지보다 배고픈 소크라테스가 되겠다라는 말을 들은 적이 있다. 내가 앞으로 세상에서 어떤 역할을 할 수 있을지는 모르겠지만 힘 있는 돼지에게 휘둘리는 불쌍한 동물이 되고 싶진 않다.

혁명을 일으켜라

〈레 미제라블〉

윤혜린

「레 미제라블」이라는 책은 뮤지컬로만 대충 보고 혁명이라는 주제밖에 몰랐는데 책으로 읽어보니 왜 뮤지컬, 영화로까지 제작됐는지 알 것 같다. 「레 미제라블」의 대략적인 줄거리는 빵 한 조각을 훔친 죄로 감옥에 간 '장 발장'을 중심으로 일어나는 혁명에 대한 내용이다.

「레 미제라블」에서 가장 공감이 많이 갔던 인물은 주인공 '장 발장'이다. 왜냐하면 '장 발장'은 감옥에서 나오고도 도둑질을 시도하려고 했지만 우연한 기회와 용서로 새 삶을 살아가는데 나도 예전에 친구와 서로의 잘못으로 싸웠지만 '장 발장'처럼 담임 선생님을 만나고 담임 선생님의 조언과 지도로 화해하고 새로 우정을 꽃피운 적이 있기 때문이다. 또한 '장 발장'의 끝까지 노력하는 점이 나와 닮았다고 생각했기 때문이기도 하다.

「레 미제라블」을 읽고 19세기의 권력이 낮은 프랑스 사람들이 얼마나 힘들게 살았는지 느끼게 되었고 혁명을 일으키신 분들에게 존경심을 가지게 되었다. '장 발장'은 빵을 훔쳐 감옥에 가게 됐는데 도둑질을 한 행동은 옳지 않지만 '장 발장'이 가난하고 조카들까지 있다는 사정을 보면 빵 하나 훔쳤다고 5년형을 선고하고 탈옥 시도 때문에 감옥에서 19년을 산 것은 너무하다는 생각이 든다. '장 발장' 말고도 '코제트'의 친엄마인 팡틴 또한 대단한 인물이라는 생각이 드는데 그 이유는 남편 없이 혼자 딸을 키우는데도 '코제트'를 따뜻한 마음으로 잘 키워냈고 생에 마지막까지 딸을 걱정하는 어머니이기 때문이다. 나는 책에서 나온 혁명을 일으킨 모든 인물들이 대단하고 느꼈고 본받고 싶다고 느꼈다. 혁명에 참여한다는 자체가 주연이든 조연이든 대사 한마디 없는 인물이든 대단한 것이기 때문이다.

「레 미제라블」에 나온 등장인물 중 나는 '자베르'에게 관심이 가장 갔다. 왜냐하면 '자베르'는 경찰에 끝까지 '장 발장'과 대립하는 인물인데 원칙주의자라는 점에서 나와 비슷한 것 같아서 성격이 마음에 들면서도 너무 지나치다는 생각이 들 정도로 원칙을 지키기 때문이다. 하지만 어머니가 범죄자라는 사정이 있어서 원칙주의자 성격이 된 것이라고 생각하면 불쌍하기도 하고 안타깝기도 하다.

「레 미제라블」에서 '장 발장을 넘길 것인가?. 그것은 나쁜 일이다. 장발장을 풀어줄 것인가? 그것도 나쁜 일이다.'라는 문구가 가장 내 마음에 들어왔다. 왜냐하면 이 문구는 '자베르'가 '장 발장'을 풀어줄 것인가 넘길 것인가 고민하는 장면인데 무얼 골라도 '자베르'의 신념이 무너지기 때문이다. 첫 번째 선택지를 고르면 경찰인 '자베르'가 범죄자 수준으로 전락하는 거고 두 번째 선택지는 경찰이 법을 무시하는 행동이 되기 때문에 이런 '자베르'의 내적갈등이 인상 깊었기 때문이다.

「레 미제라블」은 페이지 수도 많고 내용도 어려워서 읽으면서 지루한 부분이 꽤 있었지만 느낀 점이랑 배울 점이 많아서 감명 깊게 읽었다. 고전읽기 활동이 거의 다 끝나가는 데 아쉽기도 하고 뿌듯하기도 하다.

올바른 까회, 도덕적인 까회

(걸리버 여행기)

고대현

 이 책을 읽기 전에는 「걸리버 여행기」의 처음 이야기인 소인국 이야기밖에 몰랐는데, 그 밖에 거인국, 라퓨타, 야후 사람들의 이야기도 알게 되니 '걸리버가 굉장히 많고 신기한 나라들을 여행했구나'라고 생각했다. 이 책에서 걸리버는 대학 생활을 하고 수학, 물리학을 공부하고 또 결혼까지 하게 되지만 윌리엄 프리처드라는 선장의 제안을 듣고 항해를 하게 된다. 배가 암초에 부딪혀 침몰하게 되고 결국 걸리버 혼자 어느 섬에 도착하여 정신을 잃고 쓰러진다. 눈을 뜨자 자신은 밧줄로 묶여 있고 자신의 주변에는 6인치가 안 되는 생물체들이 있었다. 걸리버는 그 나라의 9개의 조항을 따르겠다는 약속을 하고 자유를 얻게 된다. 그러던 중 걸리버는 블레퍼스큐의 항구로 가 침략을 위해 준비한 군함 전체를 약탈하자 왕은 걸리버에게 나르다크라는 직책을 준다. 그러나 궁전에 발생한 화재를 끄기 위해 오줌으로 진압했지만 왕궁에 소변을 보는 자는 즉시 사형이었다. 왕은 용서해주었지만 왕비는 불쾌감을 느끼고 걸리버를 안 좋게 여기던 의원들도 걸리버를 죽이려고 하자 걸리버는 도망을 갔다. 이 소인국 이야기는 해설을 읽기 전에는 그냥 걸리버가 소인들을 만나는 이야기인 줄 알았지만 해설을 읽어보니 소인국은 걸리버가 그 당시 영국의 사회제도를 풍자하는 이야기라는 것을 알게 되었다. 이 소인국에서는 달걀을 어느 곳으로 깨는지 가지고도 싸우는데 이것은 작은 종교문제로도 전쟁을 일으키는 영국과 프랑스의 모습을 풍자한 것이라는 사실을 알게 되고 작가가 그 당시 사회 풍자를 재밌고 공감이 되게 잘 한 것 같고 지금 우리나라에서는 이런 일들이 없었으면 좋겠다고 생각했다.

두 번째 이야기인 거인국 이야기는 또다시 걸리버가 배를 타며 발생한다. 또 폭풍을 만난 걸리버는 또 이상한 섬에 홀로 남겨진다. 그곳은 거인들의 섬 브로브딩내그였고 한 농부 거인이 걸리버를 데려가 붙잡히게 된다. 농부는 걸리버를 데리고 쇼를 하며 돈을 벌다가 왕비에게 아주 싼 값에 판다. 걸리버는 왕실에 들어가서 왕에게 영국의 각종 관습에 대해 이야기하는 데 왕은 그것을 무시한다. 걸리버는 그렇게 자유를 갈망하며 살다가 독수리가 별장을 낚아채 바다에 떨어뜨린다. 그 후 바다를 표류하다 영국 배를 만나 다시 고국으로 돌아온다. 이 이야기를 읽으며 나는 이 이야기가 상류층 사회의 과도한 소비를 표현한 것을 알게 되고 나는 그런 과도한 소비를 하지 않고 계획된 소비만 해야겠다고 생각했고, 거인들이 걸리버의 문화를 무시하는 것을 보고 사회 시간에 배운 자문화 중심주의를 떠올리며 그런 태도는 나쁘다고 생각했고 다른 나라의 문화들을 무시하지 말고 존중해야 한다고 생각했다. 그리고 걸리버가 소인국 일이 있었음에도 불구하고 다시 배를 타고 나가는 용기가 대단하다고 생각했고, 또 걸리버에게 폭풍이 닥친 것을 보고 왜 걸리버에게만 이런 일이 일어나는지 의아했다.

　그 다음 이야기는 걸리버가 또 배를 타고 가다가 해적선에게 배를 빼앗기고 보트를 타고 다니던 중 하늘섬 라퓨타를 발견해 라퓨타로 끌어올려진다. 걸리버는 라퓨타의 사람들에게 금방 싫증을 느끼고 다른 섬인 레가또에 내려 발니바르비의 아카데미 건물을 구경 가 실패만을 거듭하는 연구를 계속하는 것을 구경한다. 그는 유럽으로 돌아가려 했지만 배가 없어 마술사 종족이 지배하는 글럽덥드립을 구경하기로 한다. 그는 그곳에서 지난 유럽의 훌륭한 인물들을 만나지만 그들을 보며 인류가 얼마나 타락했는지를 깨닫게 된다. 그 후 걸리버는 럭낵으로 가서 국왕의 환심을 사서 잘 지내지만 걸리버는 고국으로 돌아가길 원한다. 걸리버는 일본을 거쳐서 네덜란드 배를 타고 네덜란드에서 머물다가 고국에 도착한다. 이 이야기를 읽고 나서 인간이 지금까지 쌓아올린 문명이 무의미하고 타락했다는 것을 알게 되었고 레가또의 사람들이 실패만 거듭하는 연구를 계속하는 것을 보고 나도 그런 끈기를 본받아 나도 실패가 있더라도 포기하지 말아야겠다고 생각했다. 또 인간들이 다른 나라를 지배하는 것이 하늘섬 라퓨타에서 풍자되었다는 것을 알게 되었고 식민 지배를 우리나라도 당했고 다른 여러 나라들도 당했으니 식민 지배를 했던 나라들은 빨리 사과를 했으면 좋겠다고 생각한다.

마지막 이야기는 걸리버가 배를 타고 가다 해적 선원을 들여서 어떤 섬에 버려지는데 그 섬은 바로 말들의 나라인 후이넘이다. 후이넘은 야후라는 역겨운 유인원들이 사는 나라인데 그 야후는 걸리버가 여행했던 다른 나라 사람들에 비해 가장 완벽한 지성과 문화를 갖췄다는 것을 알게 되었고 작가가 마지막 이야기를 통해 우리들이 어떻게 행동하면 좋을지 그 방향을 제시해준 것 같다고 생각했다. 나도 야후처럼 도덕적이고 타락하지 않은 삶을 살고 싶다고 생각했다. 이 책을 읽고 나서 「걸리버 여행기」의 소인국 이야기밖에 몰랐는데 다른 이야기들도 읽고 해설도 읽어보니 교훈이 되게 많은 책이라는 걸 깨달았다. 나는 이 책을 다른 사람들이 읽어 올바른 사회의 모습을 깨닫고 고쳐나갔으면 좋겠다고 생각했다.

도전과 모험

(톰 소여의 모험)

박시현

저는 얼마 전에 「톰 소여의 모험」이라는 책을 읽었습니다. 이 책은 개구쟁이 소년인 톰 소여의 이야기를 담고 있는데, 줄거리는 대략 이렇습니다.

책의 주인공 톰 소여는 부랑자 소년인 허클베리 핀(헉)을 만나고 둘은 친하게 지냈습니다. 그러던 중 톰과 헉은 한밤중에 공동묘지에서 놀 계획을 세워서 묘지로 갔는데, 그곳에서 살인 사건을 목격하고 말았습니다. 바로 인디언 조가 의사인 로빈슨을 살해한 것입니다! 하지만 조는 옆에 있던 포터 영감에게 죄를 뒤집어씌웠고, 두 소년은 그 사실을 둘만의 비밀로 하기로 합니다. 그리고 얼마 뒤 열린 재판에서 두 소년은 그 사실을 모두 털어놓고, 그 순간 조가 도망쳐 버립니다. 그 후 톰은 자신이 짝사랑하는 여자아이인 베키와 깊은 동굴에 들어가고 그곳에서 길을 잃습니다. 심지어 설상가상으로 동굴 안에 있던 조와도 마주칠 뻔합니다. 그래도 톰의 용기로 두 아이는 동굴을 빠져나오고, 조는 동굴에 갇혀서 죽게 됩니다. 그리고 동굴에 다시 온 톰과 헉이 조가 숨겨놓은 금화를 찾고 부자가 되는 것으로 끝이 납니다.

제가 이 책을 읽으면서 인상 깊었던 장면은 세 장면이 있는데, 첫 번째 장면은 톰이 헉과 무인도로 가는 장면입니다. 인디언 조 사건으로 인해 공포에 질린 톰과 허클베리 핀은 결국 집을 뛰쳐나와 물건들을 챙겨 무인도로 가는데요. 그곳에서 갖가지 위험을 겪으며 다시 집을 그리워합니다. 저는 이 모습을 보며 집 밖으로 나가면 고생이라는 말이 사실임을 느꼈고, 두 소년에게 공감이 갔습니다. 하지만 그 상황에서도 사람들을 놀라게 하기 위해서 자신들의 장례식(?)에 몰래 올 생각을 한 두 소년이 정말 웃기기도 했습니다.

그리고 두 번째 장면은 톰이 재판에서 모든 사실을 털어놓는 장면입니다. 그 장면에서 톰은 사실을 말할지 말지 엄청나게 고민하다가 결국 사실을 말하는데요. 저는 이러한 톰의 행동을 보고 톰이 정말 정직하다는 것을 느꼈습니다. 그리고 만약 저였다면 사실을 말한 후에도 조의 보복이 무서워서 바깥에 나가지 못했을 것 같은데, 조가 도망친 후에도 모험을 계속한 톰의 행동이 정말 용기 있다는 생각이 들었습니다.

　마지막으로 세 번째 장면은 톰이 베키와 함께 동굴에 들어갔다가 조를 만나는 장면입니다. 톰은 베키와 함께 재미 삼아 동굴 안으로 들어가 보았다가 길을 잃고 마는데, 설상가상으로 조를 만나버립니다. 그 상황에서 두 아이는 길을 잃은 것 때문에 무섭고 긴장되었을 것인데, 조의 등장으로 더욱더 무서워졌을 것입니다. 하지만 톰의 평정심과 용기로 두 아이는 길을 찾아 밖으로 빠져나왔고, 저는 그것을 보며 톰이 정말 침착하다고 느꼈으며 결국 조가 동굴 안에서 굶어 죽는 것을 보고 '나쁜 짓을 하면 언젠가는 벌을 받는구나'라고 생각했습니다.

　제가 이 책을 읽으면서 가장 인상 깊었던 구절은 헉이 한 말인 "과부댁은 종이 땡땡 울리면 식사를 하고, 종이 땡땡 울리면 잠을 자고, 또 종이 땡땡 울리면 일어난다니까. 모든 일이 하나같이 지독하게 규칙적이어서 정말로 견딜 수가 없어."입니다. 왜냐하면 이 구절에는 톰과 같이 모험을 펼쳤던 소년인 헉의 자유분방한 모습이 드러남과 동시에 헉이 다시 모험할 것이라는 강한 의지가 담겨 있다고 생각했기 때문입니다.

제가 이 책을 읽으면서 느낀 점은 먼저 주인공인 톰이 정말 용기 있다는 것입니다. 책의 초반부에서는 톰의 장난을 많이 치는 모습들만 나와서 그러한 성격을 느끼지 못했지만, 후반부를 보니 톰이 사실 배려심 많고 용기 있는 아이라는 것을 알게 되었습니다. 그리고 각각의 등장인물들의 자유롭고 특색 있는 모습들을 보면서 저도 책을 읽으며 덩달아 즐거워졌습니다.

이 책은 '나쁜 일을 하면 벌을 받는다'라는 교훈을 가지고 있고 재미도 있는 만큼 심심할 때마다 읽어보아야겠다고 느꼈습니다. 그리고 이 책의 후속편인 「허클베리 핀의 모험」도 무슨 내용일지 너무 궁금하고, 한번 읽어보고 싶습니다.

미지의 세계로의 모험

(걸리버 여행기)

박시현

이 책은 다양한 곳으로 모험을 떠나는 한 남자의 이야기인데, 줄거리는 대략 이렇습니다. 이 책의 주인공 걸리버는 어느 날 배를 타다가 배가 부서져서 '릴리푸트' 라는 소인국으로 갑니다. 그 후 한동안 그 곳에서 좋은 대접을 받다가 그를 탄핵해야 한다는 목소리가 커져서 결국 고향으로 되돌아옵니다. 그리고 다시 항해를 떠난 걸리버는 이번에는 '브로브딩낙' 이라는 거인국에 가게 되는데, 그 곳에서 애완동물처럼 구경거리가 되다가 기적적으로 탈출해서 다시 집으로 돌아옵니다. 하지만 다시 항해를 떠난 걸리버는 해적을 만나 미지의 장소에 버려지고, 그 후 공중을 떠다니는 섬인 '라퓨타'에 가게 됩니다. 그리고 라퓨타를 많이 구경한 걸리버는 일본을 거쳐서 다시 집으로 돌아옵니다. 그러나 세 번의 항해 실패에도 불구하고 걸리버는 또다시 항해를 떠나버리는데요. 이번에는 배에서 반란이 일어나면서 선장인 걸리버는 후이늠이라는 말들이 야후라는 인간들을 다스리는 이상한 나라에 버려지게 됩니다. 그 후 걸리버는 후이듬들에게 인정받아 같이 생활하고, 이곳에서 평생 살고 싶다고 생각합니다. 하지만 그 후 걸리버를 쫓아내야 한다는 목소리가 커지자 걸리버는 이곳에서 쫓겨나지만, 포르투갈 배에 의해 무사히 구출되어 다시 집으로 돌아옵니다.

제가 이 책을 읽으면서 인상 깊었던 장면은 세 장면이 있는데, 첫 번째 장면은 두 소인국의 사람들이 쓸데없는 문제로 싸우는 장면입니다. 그 문제는 바로 '달걀을 깨 먹는 방법'이었는데요. 달걀을 뾰족한 부분으로 깰지, 또는 상대적으로 덜 뾰족한 부분으로 깰지에 대한 의견이 맞지 않아서 사람들이 싸우게 되었고, 결국 두 개의 나라로 나눠진 것이었습니다. 저는 이 장면을 보고 두 나라의 사람들이 쓸데없는 이유로 싸우는 것이 이상하게 느껴졌으며, 나중에는 의견을 잘 조정해서 사람들이 평화롭게 지냈으면 좋겠다는 생각이 들었습니다.

그리고 두 번째 장면은 걸리버가 라퓨타에 가는 장면입니다. 미지의 장소에 버려진 걸리버는 라퓨타라는 섬에 있던 사람들에 의해 위로 끌어올려집니다. 그런데 라퓨타인들의 생김새가 심상치 않습니다. 한쪽으로 머리가 많이 기울어져 있었으며 옷에는 해, 달, 별이나 여러 가지 악기들이 그려져 있었기 때문입니다. 그래서 저는 이것을 보고 어쩌면 라퓨타인은 외계인이며 라퓨타는 UFO일 수도 있겠다는 생각을 했습니다.

　마지막으로 세 번째 장면은 걸리버가 후이늠의 나라에 가는 장면입니다. 그곳에는 말들인 후이늠과 인간과 비슷한 짐승들인 야후가 살고 있었는데, 특이하게도 말들인 후이늠이 인간들인 야후를 지배하고 있었습니다. 걸리버는 그런 모습을 보고 처음에는 당황스러워하지만, 시간이 갈수록 말들과 사는 삶에 익숙해지고, 심지어는 집에 도착해서도 가족과 대화하는 것을 꺼리고 마구간에 가서 말과 이야기를 나눕니다. 그래서 저는 이 장면을 보고 걸리버가 너무 다른 문화를 지나치게 높게 평가하는 것 같아서 조금 걱정이 되기도 했고, 빨리 가족들과의 사이가 예전처럼 돌아갔으면 좋겠다는 생각이 들었습니다.

　제가 이 책을 읽으면서 느낀 점은 가장 먼저 놀랍다는 것입니다. 이 책은 오래전에 쓰였음에도 불구하고 정말 수학적이고 과학적인 요소들이 많이 들어가 있습니다. 그래서 저는 이것을 보고 작가의 상상력과 지식이 엄청나다는 것을 느꼈고, 작가가 정말 대단하다고 생각했습니다. 특히 저는 걸리버가 라퓨타에 가는 부분을 흥미롭게 보았습니다. 왜냐하면 저는 그 부분에서 라퓨타와 라퓨타인들에 대한 묘사가 상세하다는 점으로 보아 작가가 정말 그런 상황을 겪었을 수도 있을 것 같다고 생각했기 때문입니다.

또한 저는 걸리버가 정말 용감하다고 느꼈습니다. 왜냐하면 걸리버는 원래 살던 세상과 조금 다른 곳들로 갔는데 많이 당황하지 않고, 그곳의 언어와 문화를 배우고 사람들과 친해지기까지 했기 때문입니다. 심지어 소인국 편에서는 왕에게 도움을 주기까지 했습니다. 그래서 저도 걸리버의 이런 용기 있는 모습은 본받아야겠다고 느꼈습니다.

무인도에서 살아남기

(로빈슨 크루소)

윤혜린

「로빈슨 크루소」라는 책은 읽어보지도, 들어보지도 못한 책이라서 혹시나 책이 내 취향에 맞지 않으면 어떡하지 라는 생각을 했는데 책을 다 읽으니 그런 생각이 싹 사라졌다. '로빈스 크루소'는 사고로 무인도로 가게 된 '로빈스 크루소'가 무인도에서 살아남는 내용을 담은 책이다.

「로빈슨 크루소」를 읽으면서 나는 '로빈스 크루소'의 아버지의 마음에 공감이 갔다. 왜냐하면 처음에는 '로빈스 크루소'의 아버지가 '로빈스 크루소'의 꿈을 엄청나게 반대해서 공감이 잘 안갔지만 '로빈스 크루소'가 겪는 고난을 보니 '로빈스 크루소'의 아버지의 마음에 절로 공감이 갔고 '로빈스 크루소'처럼 자신이 하고 싶은 것을 향해 나아가는 것도 좋지만 '로빈스 크루소'의 아버지 생각대로 안정적인 일을 하면서 사는 게 난 더 좋을 것 같다고 생각이 들기 때문이다.

「로빈슨 크루소」를 읽고 '로빈스 크루소'가 아버지의 반대를 무릅쓰고 자신의 꿈을 향해 나아가는 끈기 있는 모습은 좋지만 결국 조난이 된 '로빈스 크루소'를 보니 포기해야 될 줄도 알아야 한다는 걸 깨달았다. 처음에 꿈을 향해 도전하는 '로빈스 크루소'를 보며 본받고 싶다고 생각하기도 했지만 한 번도 아니고 여러 번 고난을 겪고 바다로 향하는 '로빈스 크루소'가 대단하기도 하면서 옳지 않다는 생각도 든다.

그래서 나는 앞으로 '로빈스 크루소'처럼 하고 싶은 일을 포기하지 않고 도전하겠지만 실패가 많고 내가 아프게 되면 포기도 해야겠다. 그래도 그 많은 고난을 헤쳐나가는 '로빈스 크루소'가 생존력이 정말 강하고 대단하다고 생각한다. 나 같으면 태풍을 만나거나 조난을 당하거나 해적을 만나면 겁에 질려서 아무것도 하지 못할 것 같은데 '로빈스 크루소'는 천천히 문제를 해결해 나가서 나의 과거를 되돌아보기도 하고 앞으로 나도 문제가 생기면 천천히 생각해 봐야겠다고 생각했다.

「로빈슨 크루소」에 나오는 인물들 중 나는 '프라이데이'에게 관심이 제일 갔는데 그 이유는 식인종이었음에도 불고하고 '로빈스 크루소'와 함께 있으면서 언어를 배우고 자신의 종족들에게 식인은 옳지 않다는 것을 얘기해주는 모습이 흐뭇하기도 하고 '프라이데이'의 '로빈스 크루소'를 믿고 따라는 의리 있는 성격이 마음에 들었기 때문이다.

또한 「로빈슨 크루소」를 읽으면서 '내 처지에 대해 조금이나마 긍정적인 생각을 하게 되고, 지나가는 배가 있나 자꾸 바다를 바라보는 것도 그만두게 되면서 나는 내 나름대로 삶의 방식을 꾸려 나가는데 전념했다.'라는 말이 가장 내 마음에 와 닿았다. 왜냐하면 '로빈스 크루소'가 무인도에 표류되고 처음에는 부정적인 생각을 하고 불안에 떨었는데 시간이 지나고 나서 그것을 극복하고 긍정적인 생각을 하고 자신만의 방법을 찾아 나가는 것이 대단하기도 하고 혼란스러운 일에 빠졌는데도 침착하게 자신만의 방법을 찾아 나가는 '로빈스 크루소'의 모습을 본받고 싶기 때문이다.

「로빈슨 크루소」가 벌써 고전 읽기 4번째 책인데 처음에 「수레바퀴 아래서」를 읽기 전에 고전읽기 활동을 잘 할 수 있을지 걱정했는데 지금까지 읽었던 책들이 다 내용도 재밌고 배울 점도 많아서 앞으로 남은 책들도 기대된다.

앨리스의 모험

(이상한 나라의 앨리스)

고대현

    나는 「이상한 나라의 앨리스」라는 제목을 보고 이야기가 매우 재미있고 흥미로울 것 같아서 읽어보기로 결정했다. 앨리스는 아주 귀엽고 예쁜 소녀였다. 어느 날 앨리스는 나무 아래 앉아서 책을 읽고 있다가 잠이 들었는데 꿈을 꾸었다. 앨리스가 있는 쪽으로 토끼가 말을 하며 달려가자 앨리스는 말하는 토끼를 보고 신기해 따라가게 된다. 그 토끼를 따라 가면서 앨리스는 어떤 굴속으로 들어가게 되었다. 그 굴속으로 들어가면서 앨리스는 머리도 빗고 옆에 걸려 있는 지도도 보면서 걸어갔다. 굴속으로 빨려 들어가 쿵 하고 엎어졌는데 하나도 아프지 않았다. 저쪽으로 가버린 토끼를 따라가자 작은 문이 하나 나타났는데, 그 작은 문으로 앨리스가 들어갈 수가 없어서 울음을 터뜨리자 모든 바닥이 보이지 않고 홍수로 변해버리고 말았다. 그러자 동물들은 휩쓸려 갔다. 어떤 집 한 채가 있어 앨리스는 그 곳으로 들어갔는데, 작은 파충류 동물들이 엘리스가 내다보고 있는 창문으로 돌을 던지는 것이었다. 그 돌들은 날라 오면서 금방 과자로 변해버렸다.

엘리스는 집에서 빠져 나와 배추벌레 아저씨가 있는 곳으로 가서 커졌던 몸이 다시 작아진다는 버섯을 먹고 나서 길을 가고 있었는데 어떤 사람을 만났다. 그 사람은 케이크를 다 먹고 나서 '이것 드세요'라고 말해 앨리스는 화가 나 그 집을 빠져 나왔다. 가다 보니 트럼프 정원사가 예쁘게 피어있는 하얀 장미를 페인트로 빨갛게 칠하고 있는 광경이 보였다. 앨리스는 트럼프 정원사에게 가서 이유를 물어보았더니 여왕님이 하얀 장미를 싫어해서 색칠을 한다고 하자 앨리스는 그렇게 나쁜 사람이 있냐고 소리를 질렀다. 그 때 여왕님이 나오자 트럼프 정원사는 앨리스와 이야기를 하느라고 빨갛게 한 장미를 색칠하지 않았기 때문에 무척 놀랐다. 앨리스는 그런 나쁜 사람이 있냐고 한 번 더 떠들어댔다. 그러자 여왕은 화가 나서 트럼프 병사들을 데리고 와 싸우라고 했다. 앨리스는 막 도망을 갔다. 그때 어렴풋이 언니의 목소리가 들렸다. 언니의 목소리를 듣고 난 엘리스는 다행히 꿈인 줄 알고 한숨을 내 쉬었다. 이 책을 읽고 나니 이 책이 앨리스가 본 이상한 사람들의 모습을 담고 있는데 그 모습은 지금 현대 사회의 모습과 굉장히 비슷하다고 생각했다. 왜냐하면 이상한 나라의 앨리스의 많은 장면에서 그 시대의 영국 귀족들의 사치스러운 행동을 풍자하고 있고 또 토끼가 계속 '늦었네' 같은 말들을 하는 것을 보고 우리나라의 빨리빨리 문화와 굉장히 비슷하다고 생각했기 때문이다.

이 책을 읽으며 앨리스의 용기가 대단하다고 생각했다. 토끼를 따라 이상한 나라에 왔음에도 겁을 먹지 않고 계속 모험을 떠나고 그곳에 있는 사람들과 얘기를 하는 모습을 보고 나 같았으면 너무 무섭고 무슨 일이 일어날지 모르는 두려움에 아무것도 하지 못하고 가만히 있었을 것 같은데 그렇게 모험을 떠나는 앨리스를 보고 그녀의 용기를 본받고 싶다고 생각했다. 또 이상한 나라의 사람들이 하는 행동에 호기심을 가지고 지켜보며 그 사람들이 왜 그렇게 행동하는지 그렇게 하라고 시키는 사람이 있는 건지 궁금해서 그것을 계속 생각하며 책을 읽었지만 나오지 않아서 좀 아쉬웠다. 그래서 나 혼자 추측해보자면 그 사람들은 우리나라도 따로 문화가 있어서 다른 나라 사람들은 잘 이해하지 못하는 것처럼 그 나라도 그 나라만의 문화를 가지고 있어서 나의 입장에서는 그 사람들의 행동을 잘 이해할 수 없다고 생각해보았다.

그리고 내가 이 책을 읽으며 가장 인상 깊었던 장면은 마지막에 꿈에서 깨어나는 장면이다. 왜냐하면 앨리스가 그렇게 그 나라를 모험을 했는데 그것이 꿈이라고 하니 되게 허무했고 내가 결말을 다시 짓는다면 결말을 '꿈이었다.'라고 끝내는 것이 아니라, 앨리스가 그 이상한 나라에서 탈출하는 것까지의 이야기를 담았을 것 같은데 좀 아쉬웠다. 내가 이 책을 읽으며 트럼프 정원사에게 조금 관심을 가지고 이야기를 지켜보았는데 그 이유는 트럼프 정원사가 여왕을 위해서 피어난 장미에 페인트칠을 하는 것이 웃기고 재미있기 때문이고 또 앨리스가 여왕의 욕을 하자 트럼프 정원사가 겁을 먹는 모습도 웃겼기 때문이다. 이 책을 읽으며 앨리스의 용기를 본받아야겠다고 생각했고 나의 생활에서도 앨리스처럼 이상한 모험들이 많으면 되게 재밌을 것 같다고 생각했다.

제 5 장

자유

삶의 목적을 찾기 위해서

(수레바퀴 아래서)

오수빈

　어느 날 문득 이런 생각이 들었다. '나는 무엇을 위해 열심히 공부하고 있는 걸까? 내가 살아가고자 하는 삶의 목적은 무엇일까?' 그 해답을 찾고자 책을 뒤적거리다 보니, 「수레바퀴 아래서」라는 독특한 제목이 내 눈에 들어왔다.

　내성적이며 총명한 아이 한스는 며칠 뒤 치러질 주 시험을 준비하는 중이었다. 작은 마을에서 힘든 경쟁 속으로 뛰어드는 후보는 한스 한 명이었기에 모든 마을 사람들의 찬사와 기대를 한 몸에 받았다. 드디어 시험일이 다가왔고 한스는 2등이라는 엄청난 등수로 합격을 했다. 이제야 공부에 대한 짐을 내려놓고 여유를 즐기려던 찰나 주변 사람들은 한스에게 쉴 틈 없이 공부하라고 꾸짖었다. 하지만 문제점을 느끼지 못한 한스는 그러한 말들에 순순히 따르며 수동적인 삶을 살아갔다. 결과에 따르는 경의와 존경의 눈길만을 생각했을 뿐이었다. 그러던 도중에 반항적이고 자유로운 성향을 가진 하일러라는 친구를 만나게 되었다. 그러면서 한스도 점점 나쁜 것에 물들어 갔고 한스의 인생은 엉망이 되어갔다. 결국 한스는 수레바퀴 아래에 깔리고 말았다.

한스는 어른들의 욕심으로 인해 자기가 진정으로 하고 싶은 것을 선택할 수 있는 선택의 기회를 박탈당한다. 즉 한스는 자아를 잃은 것이다. '전 잘 모르겠어요. 그냥 선생님들께서 시키는 대로 하는 거예요.' 라는 문장을 보았을 때 한스는 자기주장을 하지 않고 어른들의 지시에 따랐음을 알 수 있다. 어른들의 말에 휘둘리지 않고 자기 자신에 대한 믿음이 있었더라면 한스가 비극적인 결말에 가까워지지 않았을 것이라고 생각한다. 가끔씩 어른들은 말한다. "어른 말 들어서 안 좋을 거 없어, 그러니 대꾸하지 말고 하라는 대로 해." 나는 이 말을 비판해야 된다고 생각한다. 나의 인생은 누군가가 대신 살아주지 않으며 내가 스스로 기회를 만들고 이에 대해 만족해야 되기 때문이다. 또한 한 번에 성공하면 좋겠지만 좌절과 극복을 겪음으로써 얻는 깨달음도 중요하다고 생각한다.

「수레바퀴 아래서」를 읽으며 가장 인상 깊게 읽은 구절은 "건강한 삶에는 나름대로의 내용과 목적이 있어야 하는데, 젊은 한스의 삶에서는 이미 그 목적과 내용이 사라졌다."라는 구절이다. 왜냐하면 삶의 목적을 찾지 못해서 건강한 삶을 살아갈 필요가 없다고 생각하는 한스가 불쌍해 보였기 때문이다. 삶의 목적이란 자신이 특정한 방식으로 살고 특정한 목표를 달성하기 위한 노력이나 의지를 품어주는 것이다. 그런데 자신이 진정으로 바라고 갈망하는 것이 무엇인지 알지도 못한 채 갈림길에 서있는 모습을 보고 애처롭다는 생각이 들었다. 삶을 살아가면서 목표의식을 가지는 것은 꼭 필요한 일이다. 삶의 목적을 짧은 시간에 쉽게 정할 문제는 아니지만 틈틈이 조금의 시간을 내서라도 생각해보아야 한다고 느낀다.

나는 이 책의 등장인물 중에서 한스를 가장 유심히 보았다. 왜냐하면 "아들은 겉으로는 매우 침착해 보이기는 했지만, 남모르는 불안감이 그의 목을 조르고 있었다."라는 구절을 읽고 한스가 공부에 대한 압박감을 받으며 스트레스를 받는 게 나와 비슷한 상황이라고 생각했기 때문이다. 주변에서 나를 압박하고 자신의 생각을 강요하는 사람은 없지만 나는 현재의 상태에서 떨어지면 안 된다는 나 자신에 대한 엄격한 기준이 있어서 공감이 되었던 것 같다. 다만 나는 나의 자아를 잘 파악하고 있기 때문에 앞으로 고난과 역경에 마주쳤을 때 어떤 방식으로 해결해 나가야 하는지 알고 있다. 그런데 한스는 자신감조차 없어 보여서 앞으로의 역경에 대해 어떻게 헤쳐 나갈지, 감당할 수 있을지 신경이 쓰였다.

한스는 하일러라는 친구를 만나면서 어리석은 짓을 하고 내면적으로 어려움을 겪었다. 하지만 감당하기 힘든 심리적인 어려움을 한스는 기댈 곳 하나 없이 혼자 견뎌냈다. 이 장면을 보고 한스에게 위로와 도움이 필요할 때 그를 도와줄 바람직한 친구와 선생님이 없다는 것이 안타깝다고 생각한다. 내가 만약 한스의 처지가 되었다면 내가 소중한 존재인지, 세상을 살아가도 마땅한지에 대한 고민을 하면서 자아정체성을 잃었을 것 같다. 그래서 나는 어려움을 겪고 있는 친구를 보게 되면 용기를 내서 다가가 친구의 곤경에 대한 해결책을 제시해주고 친구의 마음을 공감해주며 걱정을 덜어줄 수 있는 바람직한 친구가 되어야겠다고 다짐한다.

이 책을 통해 한스와 우리나라 학생들이 별반 다른 게 없다고 느꼈다. 그래서 쉴틈 없이 공부하도록 시키는 불타오른 부모님들께 이 책을 추천하고 싶다. 왜냐하면 이러한 사회에 눌리면 지쳐서 실패하고 부작용이 생기는 사례를 알리고 싶기 때문이다. 그리고 어른들의 욕심으로 인해서 아이들의 꿈이 짓밟혀 버린다는 사실을 그 누구보다 어른이 깨달아야 하기 때문이다.

책을 완독하고 나니 「수레바퀴 아래서」라는 제목이 무엇을 의미하는지 알 것 같았다. 한스는 짓누르는 삶의 험난한 짐을 지녔지만 그것을 내려놓지 못하고 끊임없이 돌고 돌며 삶의 목적을 찾아 헤매고 있었다. 어디론가 굴러가는 인생길이라고나 할까. 이 책을 읽음으로써 하루하루 평범하게 지내왔던 하루를 되돌아보는 기회를 가질 수 있었고 모든 일에 조급할 필요가 없다는 교훈도 얻게 되었다.

동물농장의 일곱 계명

(동물농장)

고대현

    나는 「동물농장」이라는 책의 줄거리만 알고 제대로 읽어본 적은 이번이 처음이었다. 책을 읽고 나니 독재 정권이 더더욱 나쁘다고 생각하게 되었다. 줄거리는 인간 존스가 운영하는 농장인 메이너 농장에서 동물들이 살고 있는데 농장주인 존스가 농장을 제대로 관리하지 않자 동물들은 화가 나 존스를 내쫓고 농장의 이름을 '동물농장'으로 바꾼다. 그 후 농장의 똑똑한 돼지인 나폴레옹과 스노볼은 지도자가 되어 동물들에게 일곱 계명을 만들어 가르치고 알파벳을 가르친다. 두 지도자는 사사건건 의견이 부딪히자 나폴레옹은 개를 키워 스노볼을 내쫓게 된다. 그 후 농장을 돼지들이 지배하게 되고 결국 돼지들은 점점 일곱 계명을 조금씩 바꾸어 가며 자신들이 술도 먹고 침대에서 자며 일곱 계명을 어긴다. 그러던 중 나폴레옹은 주변의 농장주들과 모여 카드 게임을 하는데 그 모습을 지켜보는 동물들은 무엇이 돼지이고 무엇이 인간인지 구별하지 못한다.

이 책에 나오는 동물들이 그 시대의 현실을 반영하고 있고 전체적으로 이 책은 공산주의의 붕괴를 담고 있는 내용이라고 생각한다. 그리고 나는 그 시대의 현실을 동물들로 표현한 것이 재미있다고 생각했고 한편으로는 인간들을 쫓아냈음에도 돼지들이 동물들의 자유를 뺏는 것을 보고 그 동물들이 좀 불쌍하다고 생각했다.

나는 이 책에서 동물들이 돼지들이 일곱 계명을 어기는 것을 보고도 자신은 자유롭다고 자기합리화를 하며 돼지들에게 아무 말도 못하는 장면이 가장 인상 깊었다. 왜냐하면 동물들은 자신들이 자유롭기 위해서 인간들을 쫓아내고 동물농장을 만든 것인데 그 동물농장에서조차 돼지들이 다른 동물들보다 좀 더 이득을 가지며 동물농장의 이념인 '모든 동물은 평등하다'라는 것이 점점 깨지고 있는데도 불구하고 동물들은 아무 말도 못하는 것이 좀 답답했고 왜 아무 말도 못 하는지 그 이유가 궁금했기 때문이다. 내가 생각하기로 그 이유는 돼지들이 자신들의 말에 반박하는 스노볼이나 다른 동물들을 죽이는 것을 자신의 눈으로 보았기 때문에 자신도 그렇게 될까 두려워서 아무 말도 못하는 것이라 생각한다.

그 다음 내가 이 책에서 가장 인상 깊었던 문구는 "모든 동물은 평등하다. 그러나 어떤 동물은 다른 동물보다 더 평등하다."이다.

그 이유는 이 문구는 동물들이 인간들을 몰아내고 동물농장을 세울 때 만들었던 일곱 계명이 점점 무너지며 그에 따라 동물들의 평등도 점점 무너지는 것이 담겨있는 문구이기 때문이다. 또 돼지들이 자신들의 편의를 위해서 규칙들을 점점 바꾸고 그에 따라서 동물들은 점점 더 불편해지고 오히려 메이너 농장 때보다 더 힘들어져 그 동물들이 불쌍했기 때문이다. 또 나는 동물농장의 마지막 구절인 "창밖의 동물들은 돼지에서 인간으로, 인간에게서 돼지로, 다시 돼지에게서 인간으로 번갈아 시선을 옮겼다. 그러나 누가 돼지고 누가 인간인지, 어느 것이 어느 것인지 이미 분간할 수 없었다." 라는 구절이 인상 깊었다. 왜냐하면 돼지들이 처음에는 동물들의 자유와 평등을 위해서 일하다가 점점 자신들을 위해서 규칙들을 바꾸다 결국 인간들과 똑같이 독재를 하게 되는 것을 표현한 구절이기 때문이다. 나는 이 구절을 보며 권력에는 반드시 부패가 따라와 나도 권력을 얻게 된다면 그렇게 될까 두려웠고 나는 그렇게 되지 않고 다른 사람들도 생각하며 독재를 하지 않아야겠다고 생각했다.

　내가 이 책을 읽고 난 후 가장 먼저 생각했던 인물은 우리나라의 독재정권을 한 이승만 전 대통령이다. 나는 이 책에 나오는 농장주인 존스가 이 사람과 비슷하다고 생각하기 때문이다. 그 이유는 이승만 전 대통령이 독재를 한 이후 다른 사람들에 의해 쫓겨났다가 그 사람도 결국 이승만 전 대통령처럼 똑같이 독재를 했기 때문이다. 이 책의 해설을 읽고 나서는 이 책이 소련의 역사를 재현한 것을 알게 되었고 동물들이 소련의 어떤 인물을 바탕으로 만들어졌는지 알게 되었다. 해설을 읽고 나니 비로소 동물농장을 제대로 읽은 것 같은 기분이 들었으니 여러분들도 꼭 책을 읽고 나면 해설을 읽어보는 것을 추천한다. 나는 인간들을 쫓아냈지만 결국 인간들과 똑같은 행동을 하는 돼지 나폴레옹이 진짜 나쁘고 동물들을 위하는 마음이 하나도 없다고 생각했고 나는 그렇게 되지 말아야겠다고 생각했다.

우리나라 청소년의 비극

(수레바퀴 아래서)

고대현

나는 학교에서 인문고전 읽기 활동을 하며 이 책을 처음 읽게 되었다. 전에는 이 책에 대해 들어본 적이 없어서 재밌을까 무슨 내용일까 궁금해 하며 읽었다. 읽어보니 이 책이 쓰인 배경은 19세기 말의 독일 사회이지만 지금 우리나라의 입시 등의 상황에도 비유될 만한 청소년들의 삶과 현실에 대한 내용을 담고 있어서 나도 주인공의 감정에 조금 공감이 갔었던 것 같다.

이 책에서는 한스와 하일너라는 소년이 나오는데 먼저 한스는 천재로 불리며 열심히 공부를 해서 주 시험에 합격을 했지만 친구들과 어울리지 못하다가 하일너라는 소년을 만나는데 그 소년을 만난 후 공부도 소홀히 하다가 결국 신학교에서 쫓겨나게 된다. 그 이후 마을에 돌아와서 엠마라는 소녀를 만나 키스를 하고 그녀를 마음에 품고 있다가 그녀가 떠나버리자 삶의 목표를 잃고 결국 죽게 된다. 하일너라는 소년은 지식을 경멸하고 신학교에 적응하지 못하다가 큰 잘못을 저지른 후 근신 처분을 받게 된다. 그때 한스는 하일너의 편을 들어주고 싶었지만 용기가 부족해 그러지 못하게 되며 하일너는 따돌림을 당하고 한스는 배신자가 되어버린다. 그때 한스는 신학교를 다니는 힌딩거라는 소년의 죽음을 목격하고 하일너에게 사과를 한 후 그와 어울리며 점점 망가지다가 결국 병에 걸려 수도원을 떠나게 된다.

나는 이 책을 읽고 난 후 한스가 공부를 잘하다가 하일너를 만나 점점 망가지는 것을 보고 한스가 만약 하일너를 만나지 않았다면 어떻게 되었을까 생각을 해보다가 한스가 하일너를 만나지 않았더라도 언젠가는 망가졌을 것이라고 생각을 했다. 왜냐하면 한스의 주변 어른들은 모두 한스에게 공부를 잘하라고 공부만 시키고 정작 한스가 좋아하는 것은 못하게 막음으로써 한스가 점점 스트레스를 받게 되는 것 같고 또 한스의 마음을 진정으로 이해해주는 친구나 어른들이 거의 없었으므로 결국은 한스도 자신이 처한 상황에 지치게 되며 결국은 망가지며 병에 걸렸을 것 같다. 또 나는 한스가 망가지게 된 이유가 마을 사람들이 한스가 공부를 잘하니 천재라고 무조건 주 시험에 붙을 거라고 기대만 해주고 한스가 주 시험을 위해서 한 노력과 그가 마음을 졸이고 있다는 것을 플라이크 아저씨만 알아주기 때문이라고 생각한다. 또 신학교에 간 후 하일너라는 친구를 만나 자신이 자유로워지겠다고 다짐하고 자유로워지지만 주변 어른들은 그런 한스의 모습을 이해해주지도 않고 계속 공부만 시키자 결국 마음의 병을 얻어 망가지게 된 거라고 생각한다. 그리고 학교를 떠난 후 마을에 돌아와서도 대장장이가 되었지만 아무도 그를 이해해주는 사람이 없고 심지어 그의 첫사랑이었던 엠마가 떠나버리자 한스는 삶의 목표를 잃어버리고 죽게 된 거라고 생각한다. 또 마지막에 한스가 강에서 시체로 발견되는 것을 보고 처음에는 자살인지 타살인지 궁금했지만 가만히 생각해보니 한스는 자신을 진정으로 이해해주고 보듬어주는 사람들이 없어 심리적으로 외로웠을 것 같고 거기다가 자신의 첫사랑까지 떠나버렸으니 자신이 직접 죽음을 선택하지 않고서는 버틸 수 없었을 것 같다.

내가 만약 한스와 같은 상황이었다고 해도 자신의 현실을 버티지 못하고 결국 한스와 같이 죽음을 선택했을 것 같다. 그리고 책에서 나온 한스의 주변 어른들이 지금 우리나라 청소년들의 부모님, 선생님들과 매우 비슷하다고 생각했고, 우리나라 청소년들이 자신을 진정으로 이해해주는 어른들이 주변에 없어 매우 스트레스를 받으며 힘들게 살고 있는 모습이 너무 슬프고 안타까웠다. 그 스트레스가 우리나라 자살률 1위가 되게 만드는 것 같아서 주변 어른들이 청소년들을 진정으로 이해해주고 무작정 공부만 시키는 게 아니라 청소년들이 편히 쉴 수 있고, 그들이 좋아하는 것을 할 수 있도록 이해해주는 태도가 필요하다고 생각한다.

내가 이 책을 읽고 가장 신경이 쓰였던 등장인물은 한스와 플라이크 아저씨이다. 그 이유는 플라이크 아저씨가 유일하게 한스의 마음을 진정으로 이해해주고 한스가 주 시험을 보고 난 후 긴장을 할 때 격려해주고 한스가 너무 공부만 하자 그럼 힘들다고 자신이 좋아하는 것을 하라고 말해주는 것을 보고 플라이크 아저씨같은 어른들이 주변에 많다면 그 사람덕분에 응원을 받고 용기를 얻어 더 잘해낼 수 있을 것 같기 때문이다. 그리고 한스가 가장 신경이 쓰였던 이유는 주변 어른들의 말대로 따라가다가 결국 그것에 지쳐서 죽게 되는 것을 보고 이 작품의 제목의 의미에 대해서 깨닫게 되었기 때문이다. 나는 이 책제목의 의미가 수레바퀴 즉 한스의 주변 어른들의 말에 너무 힘들어 결국 그 말에 깔려죽게 되는 청소년들을 나타내고 그런 어른들의 태도를 비판하기 위함이라고 생각한다.

이 책을 읽고 난 후 나는 이 책에서 끈기, 열정, 그리고 비판하는 태도에 대해서 배운 것 같다. 한스가 어른들의 말대로 꾸준히 그리고 열심히 공부를 하는 것을 보고 대단하다고 생각했고, 내가 만약 한스의 상황이었다면 어른들의 말을 듣고 너무 힘들고 스트레스를 받아 중간에 쉽게 그만두었을 것 같다. 한스는 그렇게 하지 않고 열심히 공부를 하다가 결국 하일너라는 친구를 만나 포기하는 것을 보고 그 끈기를 본받고 싶다고 생각했다. 그래도 만약 한스 주위의 어른들이 한스에게 공부만 계속 시키지 않고 자유롭게 한스가 좋아하는 것을 시켜주었다면 어땠을까 하는 아쉬움이 남는다. 그리고 나는 이 책의 작가인 헤르만 헤세가 교육열에 불타오르는 학부모들을 비판하고 청소년들을 행복하게 만들고 싶어서 이 책을 썼다고 생각한다. 그렇기 때문에 나는 이 책을 우리나라 부모님들이 읽어서 자신의 자식들이 겪고 있는 삶과 현실을 보고 자신이 한 행동에 대해 성찰해보고 자신의 자식들에게 너무 공부만 시키지 않고 자녀들의 마음을 진정으로 이해해주고 자신의 자식을 보듬어주었으면 좋겠다.

「레 미제라블」 속의 이야기

(레 미제라블)

김민정

「레 미제라블」 책은 '뮤지컬'로도 나오고 '영화'로도 나왔는데 책으로 나왔다는 사실은 모르고 있었다. 이 책은 장 발장이 빵을 훔쳐서 5년 징역을 받게 되었는데 계속 탈출 시도를 해서 19년으로 형역이 늘려진 이야기로 시작한다. 장 발장이 출소를 하게 되고 여관을 찾아다니는데 자신이 장 발장이라는 이유로 계속 쫓겨나게 된다. 그러다 미리엘 주교가 있는 곳에 들어가게 된다. 그곳에서 하룻밤을 머물게 된다. 그러나 장 발장은 주교의 집에 있던 은 식기를 들고 달아나게 되지만 붙잡히게 된다. 주교는 경찰들에게 붙잡힌 장 발장에게 은촛대까지 주게 된다. 그러자 장 발장은 새로운 삶을 살기로 결정하게 된다.

이 책을 읽기 전에는, 「레 미제라블」의 내용은 장 발장이 빵을 훔쳐서 감옥에서 19년 동안 있다가 석방이 되고 어떤 부부의 집으로 가는데 거기서 은 식기를 훔치다가 경찰에게 붙잡히게 되어 남편에게 들키게 되었지만 남편은 장 발장에게 은촛대를 주고 장 발장은 아무 잘못이 없다고 말하는 부분까지 였다. 그런데 이 책을 읽으면서 「레 미제라블」의 이야기가 이렇게나 긴 것을 알게 되고 놀라웠다. 장 발장이 빵을 훔치고 은 식기를 훔치다 걸리고 은촛대를 받게 되는 내용만 있는 줄 알았는데 두 사람이 사랑에 빠지게 되는 이런 이야기가 있을 줄은 몰랐다. 그래서 놀라게 되었다.

이 책을 읽으면서 가장 인상 깊었던 인물은 주교이다. 왜냐하면 주교가 아무도 안받아주던 장 발장을 자신의 여관으로 데려와 재워주었고, 장 발장이 자신의 은 식기를 훔쳤는데도 장 발장을 모함하지 않고 은촛대를 주고 장 발장의 잘못을 덮어주기까지 하였기 때문이다. 내가 주교였다면 무서워서 장 발장을 여관으로 데려와 재워주지 않았을 것이다. 그리고 장 발장이 은 식기를 훔치고 경찰에 잡혀 주교에게 갔을 때 그 주교가 나였다면 무서워서 장 발장을 경멸하고 은촛대를 주지 않았을 것이다. 그런데 주교는 이런 장 발장을 거부하지 않고 오히려 도와주었으니 정말 마음이 따뜻한 사람이라고 생각을 했다.

내가 본받고 싶은 인물은 주교이다. 왜냐하면 주교가 아무도 받아주지 않던 장 발장을 받고 여관에서 재워주고 장 발장의 잘못을 덮어주면서 은촛대까지 주었기 때문이다. 나는 주교가 사람들이 아무도 받아주지 않던 사람을 자신이 받아주고 자신의 공간에서 휴식을 취하던 사람이 자신의 물건을 훔쳤는데 그 잘못을 덮어주고 선물까지 준 마음이 따뜻한 사람이라고 생각을 했다. 이런 주교의 모습을 본받고 싶다는 생각이 들었다.

장 발장의 이야기

(레 미제라블)

오대송

친구들이 영화로도 있다고 해서 찾아봤는데 정말 「레 미제라블」이라는 영화가 있어 꼭 영화를 보고 싶었다. 이 책의 줄거리는 조카들이 굶주리자 빵을 훔치게 된 장 발장. 복역 중 형기를 다 마치고 사회로 나온다. 전과자라는 신분으로 불이익을 받던 중 미리엘 주교의 도움으로 성당에 있다가 은촛대를 훔친다. 이 때문에 또 감옥에 가려다 미리엔 주교의 선처로 풀려나고 삶을 바꾸게 된다. 그후 한 도시의 시장까지 되었는데 이때 팡틴이라는 여인을 만나고 그의 딸을 부탁받는다. 그 딸을 돌보는 와중 장 발장을 뒤쫓던 자베르라는 형사에게 계속 추적을 당한다. 프랑스 혁명 전투 도중 장 발장은 혁명세력의 주동자 마리우스를 구해주지만 자베르에게 붙잡힌다. 하지만 장 발장의 헌신에 자베르는 자신이 지금껏 법을 지키며 살아온 것과 헌신과의 이념이 충돌하자 충격을 받고 자살을 한다.

이 책을 읽고 기억에 남는 구절은 "도둑이나 살인자를 결코 두려

위해서는 안 돼. 그런 것은 외부의 위험일 뿐이고 조그마한 위험이야. 두려워해야 할 건 우리들 자신이지. 편견, 이것이야말로 도둑이야. 악덕, 이것이야말로 살인자야. 큰 위험은 우리들 내부에 있어. 우리들의 몸이나 지갑을 노리는 것은 아무 것도 아니야. 우리들의 영혼을 위협하는 것에 대해서만 우리들은 생각해야 하지." 나는 이 글을 읽고 너무 나에게 필요한 말인 것 같기도 했고 도둑 살인자들을 두려워하지 말고 나를 내 자신을 먼저 살펴보고 두려워하라는 말이 나에게 와 닿기도 하였고 다른 사람들을 무시하고 두려워하는 것이 아니라 나부터 살펴보고 잘하라는 말로 느껴져 나에 대해 살펴보는 중이다.

이 책을 읽으면서 장 발장이 빵 하나를 훔치고 감옥에서 살게 된 것이 너무 불쌍하고 안타깝게 여겨졌다. 하지만 장 발장은 너무 가난해 빵을 훔치고 옥살이를 하는 죄인이지만 어려운 사람들에게 정을 베풀어주는 좋은 인물이다. 나는 빵을 훔친다는 것을 본받고 싶은 게 아니라 어려운 이웃들을 도와줄 수 있는 정을 베풀어 줄 수 있는 이웃이 되고 싶다.

나는 장 발장에게 하고 싶은 말이 있다. "가난하고 조카들이 굶주리는 것을 참지 못해 빵을 훔쳐 결국 옥살이를 하였지만 장 발장님의 마음은 따뜻한 것을 저는 알게 되었어요. 빵을 한번 훔쳤다고 감옥살이를 몇 년 동안 한 것이 이해도 안 되고 너무 안타까운 마음이 많이 들었어요. 그래도 가난하다고 빵을 훔치는 것은 옳지 않은 행동이니 돈을 빌려서라도 사는 것이 더 괜찮은 방법이라고 할 수 있을 것 같아요!! 저는 장 발장님의 속마음은 사람들을 존중하고 정을 많이 배풀어 주는 좋은 사람이라고 알고 있어요! 저는 장 발장님의 마음 이해해요! 장 발장님의 좋은 모습을 많이 본받고 싶어요."

독재 정치란?

(동물농장)

윤혜린

「동물농장」이라는 책은 동물이라는 단어가 들어가서 밝은 내용일줄 알았지만 생각보다 어두운 주제를 다룬 책이라서 놀랐다. 「동물농장」의 대략적인 줄거리는 인간들에게 불만을 품은 농장에 동물들이 자신들만의 새로운 국가를 세웠지만 결국 머리가 좋은 돼지들이 인간들과 똑같이 독재정치를 일으킨 내용이다.

나는 치장을 좋아하는 말 '몰리'에게 공감이 많이 갔다. 왜냐하면 '몰리'는 새로 동물들이 만든 동물농장 사회에 적응하지 못하는데 나도 낯가리는 성격 때문에 '몰리'가 새로운 환경인 동물농장에 적응하지 못했던 것처럼 학기 초에 중학교에 적응하지 못했기 때문이다. 하지만 '몰리'는 결국 동물농장을 떠났지만 나는 중학교에 현재 잘 적응하여 즐거운 중학교 생활을 하고 있다는 차이점도 있다.

이 책을 읽고 20세기 영미권의 사람들이 얼마나 고통 받았는지 동물을 통해 알게 되었다. 자신의 의견을 내지도 못한 채 착취만 당하고 있는 약한 동물들은 20세기 영미권에서 권력이 낮은 사람들이라고 생각하니 안쓰럽기도 하고 불쌍하기도 하다. 또한 독재정치에 부당함을 느끼고 동물농장을 지배하는 돼지 '스퀼러'는 독재정치를 일으키는 높은 지위의 사람들, 부지런한 말 '복서'는 프롤레타리아 계급층 사람들, 동물농장의 규칙을 어기는 말 '몰리'는 혁명에서 축출된 사람들 등 혁명에서 등장하는 여러 사람들을 동물에 비유한 작가 '조지 오웰'이 대단하기도 하다. 그리고 이 책에서 나온 동물농장 안에서의 독재를 보고 독재가 얼마나 무서운 것인지 느끼게 되어 혁명을 일으킨 모든 분들에게 더 큰 존경심을 가지게 되었다. 그래서 나는 내 의견을 당당히 주장하면서 남에게 이끌려가는 사람이 아닌 이끌어 가는 사람이 되어야겠다.

「동물농장」에 나온 등장인물 중 나는 부지런한 말 '복서'에게 관심이 가장 갔는데 그 이유는 '복서'는 책임감도 있고 '나폴레옹'에게 충성을 다하며 모든 육체적 노동을 거의 혼자 도맡아서 했는데 결국 지배층에 휘둘려 비극적인 죽음을 맞은 안타까운 인물이기 때문이다. 또한 '복서'는 안 좋은 일이 일어나도 모두 자신의 잘못이라고 생각하고 혼자서만 해결하려고 하는데 그 점이 나랑 닮았다고 생각하기 때문이기도 하다.

나는 「동물농장」을 읽으면서 '창밖의 동물들은 돼지에게서 인간으로, 인간에게서 돼지로, 다시 돼지에게서 인간으로 번갈아 시설을 옮겼다. 그러나 누가 돼지고 누가 인간인지, 어느 것이 어느 것이지 이미 분간할 수 없었다.'라는 말이 가장 내 마음에 들어왔다. 왜냐하면 이 말에서 동물들은 인간들의 지배에 불공평함을 느끼고 동물농장이라는 새로운 사회를 만들었는데 결국 돼지들도 싫어하던 인간들처럼 변했다는 것이 잘 드러난 것 같기 때문이다. 이번에 읽은 「동물농장」이 지금까지 읽은 고전들 중 가장 심오하다고 느꼈는데 그만큼 사회에 대한 비판이 잘 드러난 책이라고 생각한다. 앞에서도 말했지만 혁명을 일으킨 모든 분들에게 존경심을 가져야겠다.

억울한 사람들

(레 미제라블)

이나현

'레 미제라블'은 불쌍한 사람들을 뜻한다고 한다. 19세기 프랑스의 가난한 민중들을 가리키는 말인 것 같다. 소설 속 장 발장과 코제트, 코제트의 엄마 팡틴느. 장 발장을 쫓는 자베르 경감. 장 발장에게 은식기를 주는 신부님. 그 외 등장 인물들이 많지만 책이 워낙 길고 이야기 줄기가 많아서 한 번 읽고 모든 등장인물들을 깊이 있게 이해하기는 어려웠다. 앞으로 두고두고 여러 번 반복해서 읽어보고 싶은 책이다.

작가는 모든 등장인물을 따뜻한 시선으로 바라본다. 난 이 점이 마음에 들었다. 글 속의 시대상은 가난하고 힘들고 험난했지만 이들을 내려다보는 작가의 시선이 따뜻해서 독자인 나도 위안을 받는 느낌이었다. 지금 내가 알고 있는 프랑스는 카타르 월드컵 4강에 진출하고 세계에서 가장 세련되고 전 세계 시민 누구나 죽기 전에 한 번 여행해 보고 싶은 관광지인, 제일 잘 나가는 도시이다. 그런데 책 속의 19세기 프랑스의 모습은 불쌍하고 억울하고 무서울 정도로 가혹한 모습들뿐이다. 물론 소설이지만 당시의 시대상을 써 놓은 글 같아서 단순한 이야기로만 읽히지는 않았다.

장 발장은 일곱명의 조카와 누나를 위해 빵 하나를 훔친다. 팡틴느는 딸을 키우기 위해 몸을 판다. 이들은 생존을 위해 행동한다. 팡틴느는 미혼모라는 사실이 들통이 나서 공장에서 쫓겨난다. 이후 코제트에게 보낼 돈을 얻기 위해 아름다운 금발 카락을 자른다. 머리카락을 자른 후 팡틴느는 마음까지 망가지고 만다. 길거리를 지나가는 사람들에게 소리 지르고 거칠게 변해서 모두가 팡틴느를 멀리 한다. 딸을 위해 공장에서 번 돈 모두를 테나르디에 부부에게 보내는 위대한 어머니 팡틴느. 모성만이 가득했던 금발 머리의 아름다운 팡틴느가 망가져가는 모습을 보며 나도 모르게 눈물이 났다. 신부는 도둑 장 발장에게 은식기와 함께 용서와 자비를 베푼다. 경감 자베르는 법의 원칙이 최고라는 신념을 지키기 위해 장발장의 정체를 캐낸다. 이들은 그들이 믿는 신념을 위해 행동한다.

장 발장이 은식기를 판 비용으로 성공한 자본가가 된 장면은 너무 기뻐서 속으로 환호성을 질렀다. 빵 하나 때문에 5년형을 선고

받고 탈옥을 하려다가 19년을 감옥에서 보낸 억울한 장발장. 세상 모두가 그를 응원할 것 같았는데 내 생각과는 다르게 자베르는 장발장을 끝까지 괴롭혔다. 장 발장이 잔인한 살인마도 아닌데 법과 원칙이 뭐라고 그를 그렇게 괴롭히는지 읽는 내내 화가 났다. 신부의 용서와 자비는 장 발장과 코제트의 생존에 도움이 되지만 자베르의 법이 최고라는 신념은 이들을 죽음으로 내몬다. 나는 이 책을 읽고 인간보다 원칙만을 내세우는 법이 얼마나 무서운 사회를 만드는지 느껴져서 소름이 끼칠 정도로 무서웠다. 하루 열심히 일하고 퇴근해서 저녁밥을 먹으면서 휴식을 하는 일상이 19세기 사람들의 투쟁으로 이루어진 결과인 듯해서 그들에게 감사한 마음이 들었다. 그리고 그런 시대를 살 수 밖에 없었던 그들이 불쌍하고 가련했다.

진정한 자유와 행복

(수레바퀴 아래서)

박시현

    이 책은 다른 학생들보다 더 뛰어나고 모범적이었던 한스라는 소년에 관한 이야기입니다. 줄거리는 대략 이렇습니다. 이 책의 주인공인 한스는 어릴 때부터 다른 친구들과 노는 것을 포기하고 선생님들의 말씀에 따라 열심히 공부합니다. 그 과정에서 어린 나이의 한스는 스트레스를 받기도 하고 머리가 지끈지끈 아프기도 했지만, 자신의 미래를 위해 최선을 다합니다. 그 후 한스는 자신의 장래를 결정하게 될, 우리나라의 수능과도 같은 주 시험을 치러 고향에서 벗어나 도시에 갑니다. 며칠에 걸쳐 시험을 친 한스는 자신이 시험을 망친 것 같아 걱정하기도 했지만, 다행히 시험에 합격합니다. 그것도 2등으로요! 그리고 한스는 자신이 그토록 바라던 신학교에 입학합니다. 얼마 후 신학교에 입학한 한스는 그곳에서도 열심히 공부했지만, 하일너라는 소년을 만난이후로 차츰 공부에 손을 놓아버립니다. 그러던 중 한스는 학업으로 인한 지속적인 두통에 시달려서 결국 학교를 그만둡니다. 이후 한스는 고향으로 돌아와 기계공 일을 하는데, 어느 날 술을 마시고 집으로 돌아오는 길에 알 수 없는 이유로 물에 빠져 죽게 됩니다.

저는 이 책을 읽으면서 두 장면이 가장 인상 깊었는데, 첫 번째로 인상 깊었던 장면은 한스가 주 시험에 합격하는 장면입니다. 왜냐하면 한스가 면접 도중 실수하는 것을 보고 '열심히 공부했는데 이대로 시험에서 떨어지면 어쩌지…' 하는 생각이 들었는데, 한스가 합격하는 것을 보고 마치 제가 시험에 합격한 것처럼 기분이 좋았기 때문입니다. 또 한스의 노력이 성공을 거두는 것을 보고 '노력은 절대 배신하지 않는다.'라는 말이 떠오르기도 했고요. 두 번째로 인상 깊었던 장면은 한스가 하일너라는 소년과 친해지는 장면입니다. 왜냐하면 하일너는 정서가 풍부한 소년이었지만 학교에 대한 반항심이 넘쳐났는데, 이러한 하일너의 성격은 한스가 공부에 손을 놓게 만든 결정적인 원인이 되었기 때문입니다.

그리고 제가 이 책을 읽으면서 인상 깊었던 구절이 두 개가 있는데, '노력을 게을리 하면 자칫 궤도를 벗어나기 쉬운 법이란다.'라는 구절과 '그럼, 그래야지. 아무튼 지치지 않도록 해야 하네. 그렇지 않으면 수레바퀴 아래 깔리게 될지도 모르니까.'라는 구절입니다. 저는 평소 노력하는 것이 중요하다고 생각해왔기 때문에, 노력의 중요성을 강조하는 첫 번째 구절이 마음에 확 와 닿았습니다. 하지만 두 번째 구절은 달랐습니다. 왜냐하면 노력해야 한다는 뜻이라는 것은 첫 번째 구절과 똑같지만, '수레바퀴 아래에 깔리게 될지도 모르니까'라는 말이 이 책의 제목과 비슷하기도 했으며 한스의 비극적인 운명을 잘 나타내는 것 같다는 생각이 들었기 때문입니다, 제가 이 책의 앞부분만 읽었을 때는 어릴 때부터 다른 친구들과 노는 것도 포기하면서 열심히 공부만 했던 한스가 무슨 일이 있어도 성공할 것 같다고 생각했습니다. 하지만 신학교에서 열심히 공부하던 중 한 소년과, 그것도 하필이면 반항심 많은 소년과 친하게 지내버려서 결국 공부에 손을 놓아버렸고, 그 후 고향으로 내려와 자신과 잘 맞지 않는 기계공 일을 하는 한스가 너무 안타까웠습니다. 그리고 책을 다 읽은 저는 한순간의 방심으로 많은 것을 잃을 수 있다는 것을 느꼈고, 항상 신중하게 살아야겠다고 느꼈습니다.

그리고 제가 이 책을 읽으며 느낀 점이 하나 더 있습니다. 그것은 바로 미래의 행복만큼이나 지금의 행복도 중요하다는 것입니다. 물론 한스가 미래의 행복을 위해 공부하는 것은 이해하지만, 그렇다고 신경쇠약에 걸릴 정도로 자신의 몸을 혹사시키면서까지 공부하는 것은 옳지 않은 것 같았습니다. 그래서 저는 미래의 행복을 추구하는 것도 중요하지만, 지금도 행복을 조금씩이나마 느끼는 것이 더 중요하다고 생각했습니다. 또한 한스가 미래의 행복뿐만 아니라 지금의 행복도 중요하게 여기면서 생활했더라면 더 좋은 삶을 살 수 있었을 것 같았는데, 그러지 못한 한스의 모습을 보니 너무 슬펐습니다.

이 책은 자유와 행복이라는 큰 주제를 한스의 인생으로 잘 풀어냈다는 점에서 정말 좋은 책이라고 느꼈고, 앞으로도 시간이 날 때마다 읽어보아야겠다고 다짐했습니다.

내가 진정으로 얻고자 하는 것은 어디에 있을까

(동물농장)

오수빈

처음에 이 책을 받고 제목만 보고 단순히 동물들이 농장에서 겪는 일을 나타낸 소설이라고 생각했다. 하지만 이 책이 우화소설이라는 것을 깨닫고 좀 더 관심을 가지게 되었다. 그 책 속에서 독자에게 전달하려고 하는 진정한 목적과 추구하는 가치가 무엇인지 찾기 위해서 한 줄 한 줄 읽어 나가기 시작했다.

존스 농장에 있는 동물들이 반란을 일으켜 농장주를 농장에서 쫓아냈다. 농장주인 존스부부가 쫓겨나자 나폴레옹과 스노볼, 스퀄리 등의 돼지들이 동물농장 즉 공산주의를 선포했다. 며칠 동안은 이상적인 사회에서 자신의 수확물을 소유하며 행복해 했다. 그러나 이런 자유는 오래갈 수 없었다. 이윽고 나폴레옹이라는 돼지가 높은 권위에 오르면서, 알게 모르게 독재자로 변화해왔다. 다수의 동물들이 글자를 모르는 점을 악용하여 봉기 당시 서로 타협을 해서 정한 7계명의 문구를 조금씩 바꾸어나갔다. 독재자만이 가질 수 있는 특권이므로 자신에게 이득이 되는 정보만 독점하고 불리한 정보는 빼돌리며 무지한 대중을 속였다.

동물농장은 농장주가 있었던 혁명 전보다 더 심한 착취가 이루어졌다. 그동안 농장에서 금기시 되었던 인간들과의 상거래가 부활이 되었으며 결국은 동물농장은 봉기 전보다 더 악화된 모습이 되었다. 나는 이 책을 읽으면서 동물농장의 동물들이 한없이 독재자 나폴레옹에게 복종하는 것을 보고 답답하다고 생각했다. 왜냐하면 자신의 의견을 분명하게 말할 틈도 없이 순순히 독재자를 믿고 따랐기 때문이다.

하지만 동물들이 바뀐 7계명을 보고 독재를 한다는 것을 알아채도 복종하는 태도는 바뀌지 않을 수도 있다고 본다. 내가 만약 독재자한테 지배당하는 동물이었으면 반란을 일으키거나 나의 자유도 보장해달라는 말을 쉽게 꺼내지 못할 것 같다는 생각이 들었다. 왜냐하면 이성적으로는 당하고만 있으면 안 된다고 생각하지만 현실적으로 생각하면 불복종을 한 뒤 뒷감당을 못 할 것 같고 용기가 부족할 것 같기 때문이다. 자신의 의견을 당당하게 주장할 수 있는 사람이 되기 위해서 사람들의 반응에 쉽게 휘둘리거나 지나치게 신경 쓰지 말아야겠다고 다짐했다. 또한 이 책을 통해 나는 수동적인 사람이 되기보다는 능동적인 사람이 되어야겠다고 느꼈다.

이 책을 읽으면서 가장 인상 깊었던 부분은 풍차에 대한 내용이었다. 왜냐하면 "풍차"라는 공동의 목표의 역할이 나에게 깊은 공감이 되었기 때문이다. 서로의 의견충돌 때문에 동물들의 사이는 위태위태했지만 "풍차"라는 거대한 목표에 직면함으로써 하나로 뭉쳤고, 해냈다.

나 또한 마찬가지로 반복되는 삶과 많은 공부 양 때문에 한 번씩 멈칫하지만 학생으로서 마땅히 해야 할 일이고 미래의 웃고 있는 나를 생각하면서 다시 일어선다. 풍차를 상징하는 의미는 나의 삶을 이끄는 원동력처럼 누구에게는 없어서 안 될 중요한 의미라고 느꼈다. 긍정적 시선으로 바라볼 수 있고 내 삶에 적용시킬 수 있는 반면 풍차를 건설하는 과정에서 자신들의 자유와 보상을 박탈당한 동물들도 있다. 그래서 동물들은 미래보단 당장 내일을 걱정하게 되면서 무엇이 잘못된 지 알지도 못한 채 혼란 속에서 묻혀가는 것을 보고 안타깝다고 생각했다. 애초에 독재자 나폴레옹은 이것을 예상하고 노렸을지도 모른다. 자신의 꾀에 넘어간 동물들을 보며 즐거워할 나폴레옹은 생각하니 비판을 받아 마땅하다고 느꼈다.

열심히 일하다 다친 말 '복서'가 돼지들에 의해 도살장에 팔려 가는 모습을 통해 현대 사회에서 인간이 하나의 물건처럼 도구화되어 기득권 세력에 의해 이용당하기 쉽다는 사실을 깨달았고 참담한 대우를 받고 있다는 것을 알게 되었다. '복서'는 자기에게 주어진 일을 성실하게 수행하다가 과로로 죽었다. 그래서 인간은 사회라는 거대한 구조에 묻혀 기계처럼 일만 하다가 생을 마감하기 쉽다라는 것을 느꼈다. 또한 인간 자체가 목적인 사회가 아니라 인간을 수단으로 여기는 사회라는 것도 깨닫게 되었다. 자신의 정체성을 알고 사회에 지배당하지 않기 위해서 내가 원하는 의미 있는 삶을 살아가도록 노력해야겠다고 다짐했다.

이 책에서 가장 인상 깊었던 구절은 '창밖의 동물들은 돼지에게서 인간으로, 인간에게서 돼지로, 다시 돼지에게서 인간으로 번갈아 시선을 옮겼다. 그러나 누가 돼지고 누가 인간인지, 어느 것이 어느 것인지 이미 분간할 수 없었다.' 라는 구절이다. 왜냐하면 인간을 경멸한 돼지가 자신의 주체성을 잃고 검은 물감으로 물들여지며 점점 인간으로 변해갔기 때문이다. 이 구절을 통해 또렷한 주관을 가지고 더 나은 것이 무엇인가 어떤 게 잘못되어 가고 있는지 비판하는 시선을 가져야 한다고 느꼈고 어떤 일에 대해 익숙해진다고 해서 긴장의 끈을 놓고 방심하면 안 된다는 교훈을 얻게 되었다.

이렇듯 독재 정권에서 사회 공동체를 만들어가는 것은 바람직하지 않다. 이러한 일이 두 번 다시 반복되지 않기 위해서는 먼저 인간의 이기심과 탐욕을 버리고 정당한 대가를 받는 사회를 만들어야 할 것이다. 그리고 독점적 권력에 의해 나의 자유와 인권을 침해받지 않기 위해서 무엇보다 끊임없는 자기 성찰을 해야겠다고 다짐했다.

책들은…

바닷가재 껍질과도 같아서

우리는 자신을 책으로 감싼 후 뚫고 자라나

초기 성장단계들의 증거로 뒤에 남긴다.

도로시 세이어즈 (Dorothy L. Sayers)

고전 텐미닛 활용 도서 리스트와 학생들이 작성한 패들렛 모음

도서명	저자	출판사	도서명	저자	출판사
어린왕자	생텍쥐페리	열린책들	동물농장	조지 오웰	민음사
데미안	헤르만 헤세	민음사	80일간의 세계일주	쥘 베른	시공주니어
걸리버 여행기	조나단 스위프트	현대지성	로빈슨 크루소	다니엘 디포	시공주니어
레미제라블	빅토르 위고	서교출판사	수레바퀴 아래에서	헤르만 헤세	민음사
이상한 나라의 앨리스	루이스 캐롤	시공주니어	톰 소여의 모험	마크 트웨인	민음사

고전 텐미닛 진행과정

1. 단계별 진행 과정

1. 점심시간 인문 고전 영상 시청

☞ 점심시간을 이용해 인문 고전 영상을 1학년 10개 반에 동시 송출. 학생들뿐만 아니라 담임 선생님들도 영상에 빠져드는 모습을 보였다. 걱정과는 달리 대부분의 학생들이 영상 시청과 활동지 작성에 성실하게 임했다.

★ 영상으로 만난 책 중에서 끝까지 읽어 보고 싶은 책이 있나요? 책 제목과 그 이유를 적어주세요.

★ 여러분이 생각하는 '고전'의 정의는?

★ 여러분이 생각하는 '고전'을 읽으면 좋은 점은?

* **영상으로 만난 책 중에서 끝까지 읽어 보고 싶은 책과 이유**
「레 미제라블」을 끝까지 읽어 보고 싶습니다.
왜냐하면 등장인물의 수가 많아서 흥미진진할 것 같기 때문입니다.
* **여러분이 생각하는 '고전'의 정의는?**
옛날부터 전해져 내려오는 문학작품
* **여러분이 생각하는 '고전'을 읽으면 좋은 점은?**
옛날 사람들의 전통과 문화에 대해서 더 잘 알 수 있을 것 같습니다.

> 하루 5분씩 짧게 고전을 읽으며 상식을 기를 수 있을 것이 기대가 된다
> 고전에 대한 상식을 많이 배우게 될 것 같다

Q. 고전 읽기 전과 후에 나는 어떻게 달라져 있을까요?

여러 책들에 대해서 알게 되고, 책들이 담고 있는 가치나 주제를 알게 될 것 같습니다. 그것들을 기반으로 앞으로의 삶을 고민하고 지금까지의 삶을 되돌아볼 것 같습니다.

Q. 영상으로 만난 책 중 끝까지 읽어보고 싶은 책이 있나요?

▶ 「동물농장」을 읽어보고 싶습니다.
- 동물들이 인간들을 내보내고 만든 새로운 농장이 어떻게 될지 궁금하기 때문에
- 이유는 옛날 그 시대에 독재 정치를 비판하기 위해 동물들에 빗대어 표현하여서 인상 깊기 때문에 끝까지 읽어보고 싶습니다!
- 주제가 흥미롭고 사회의 여러 사람들을 동물에 비유한 것이 마음에 들었기 때문이다.
- 제 취향이 살짝 섬뜩하고 무서운 분위기와 사건 사고가 많은 책을 좋아하거든요. 그리고 국어책에서 배운 상징이라는 단어가 있는데요, 저는 상징이 무엇인지 해석하는 게 생각보다 재밌어요. 근데 이 책은 상징을 모든 인물에 넣어서 "이 인물은 무엇을 상징할까?"라는 생각과 함께 영상을 볼 수 있어서 좋았습니다. 상징이 품은 의미를 내용에 맞게 정했다는 생각도 들었습니다. 책이 전체적으로 옛 시대에 살았던 작가가 그때의 귀족, 정치인, 사회 등을 비판하는 내용이거든요. 뭐 옛날 작가들이 책을 쓰는 주제가 거의 옛 사회, 사람 비판인데, 널리고 널린 주제에도 불구하고, 이 책만의 특유의 전개 방식, 사람이나 사회를 동물에 비유해 인물을 만든 것들 등등이 매력적으로 다가왔습니다. 앞서 살짝 언급한 것처럼 어두운 분위기를 좋아하는데요, 이 주제가 인물사회 비판이다 보니까 제 취향과도 맞았던 것 같습니다. 개인적으로 가장 재밌게 봤던 책이었던 걸로 기억합니다. 저처럼 어두운 내용을 좋아하면 정말 추천드리고 싶은 소설책입니다.

3. 모모 씨를 부탁해! 반별 온 책 읽기

☞ 영상으로 만난 작품 중 총 10권의 책 선정. 한 반에 한 권씩 온 책 읽기 진행. 점심시간 활용하여 책을 읽도록 하고 매일 읽은 분량에 대해 독서록 작성. 일정 기간 동안 책을 읽은 후 반별로 바꿔 가면서 총 10권의 책을 다 읽도록 계획함.

4. 모모 씨를 부탁해! 온 책 읽기 활동지 작성

* **책 내용 예측하기**: 「수레바퀴 아래서」라는 제목을 보고 노동자들의 일상생활이 담겨져 있는 소설이며, 총 7장으로 이루어져 있는 것으로 보아 시간 범위가 크며 사건들을 시간순으로 나열할 것 같다.
* **책 내용 예측하기**: 가난한 집안 사정 때문에 수레를 끌고 다니면서 돈을 버는 소년(소녀)의 이야기 같다.

Q. 와 닿는 구절을 필사하고 이유를 적어봅시다.

'공부에 흘린 숱한 땀과 눈물, 공부를 위하여 억눌러야 했던 자그마한 기쁨들, 자부심과 공명심, 그리고 희망에 넘치는 꿈도 이제는 모두 헛된 것이 되고 말았다.' (수레바퀴 아래서, 232쪽)이 구절이 와닿은 이유는 한스가 신학교에 가기 위해 공부를 열심히 했지만 결국 신학교를 떠나게 되자 슬픈 마음이 들기도 하고, 한스가 신학교에서 친구와 어울리는 것보다는 공부를 더 열심히 하라고 말해주고 싶기 때문입니다.

Q. 「수레바퀴 아래서」를 읽고 느낀 점(내 삶에 적용할 부분)을 적어봅시다.

나는 한스가 천재적인 두뇌를 가졌음에도 자신이 하고 싶은 것을 하지 못하고 오로지 공부만 한다는 게 너무 안쓰럽고 불쌍했다. 한스의 나이가 우리와 비슷한 중고등학생 같은데 방학에도 놀지 않고 공부한다는 게 한편으로는 대단했다. 주변 어른들이 한스를 조금만 더 신경 쓰고 챙겨줬다면 한스가 세상을 떠나지는 않았을 것 같아서 안쓰럽고 내가 한스의 주변 어른 중에 한 명이었으면 한스를 챙겨주고 싶은 마음이 들었다. 한스의 노력과 끈기는 본받아야 된다고 생각하지만 쉬지도 않고 달려가는 것은 좋지 않다고 생각한다. 다음 생에는 한스가 행복하게 살았으면 좋겠다.

Q. 「수레바퀴 아래서」에서 가장 신경 쓰이는(관심이 가는, 인상적인) 등장인물과 이유를 적어봅시다.

나는 이 책의 등장인물 중에서 한스를 가장 인상 깊게 보았다. "아들은 겉으로는 매우 침착해 보이기는 했지만, 남모르는 불안감이 그의 목을 조이고 있었다" 이 구절을 보고 한스가 공부에 대한 압박감을 받고 있구나라는 것을 알게 되었기 때문이다. 그리고 한스가 자신감이 없어 보여서 앞으로의 역경을 어떻게 헤쳐 나갈지, 감당할 수 있을지 걱정이 되었기 때문이다.

Q. 「수레바퀴 아래서」에서 누구의 마음과 행동에 공감이 갔나요?

나는 한스의 마음과 행동에 공감이 갔다. 왜냐하면 한스의 나이대가 우리와 비슷한 것 같아서 한스의 마음이나 행동에 공감이 많이 갔다. 특히 한스가 신학교에 입학했을 때 중학교 처음 입학했을 때와 굉장히 비슷한 마음이어서 공감이 많이 갔다. 또한 공부에 대한 부담감이나 친구 관계 등등 여러 부분에서 나와 비슷한 점이 많았고 그래서 더더욱 한스에게 공감이 잘 갔다.

Q. 「수레바퀴 아래서」에서 해결해주고 싶은 문제와 내가 생각하는 해결책은?

한스의 아빠가 한스에게 공부를 강요하는 문제를 해결해주고 싶다. 한스가 자신의 아빠에게 진심을 털어놓고 한스의 아빠도 한스의 입장을 이해하고 위로해줬다면 한스는 타고난 천재적인 두뇌로 더 멋진 삶을 살았을 것 같은데 안타깝다.

Q. 저자나 책 속 인물에게 하고 싶은 질문

나는 엠마에게 왜 프랑크 아저씨와 한스에게 말도 없이 떠났고 한스를 향한 마음이 진심이었는지 묻고 싶다. 또한 저자에게 한스가 왜 죽게 되었는지도 묻고 싶다.

친구들이 남긴 질문에 대한 자신의 생각

Q. 책 제목이 왜 「수레바퀴 아래서」 인가요?

A : 한스가 가지고 있던 부담감과 근심이 수레바퀴 위에 올리는 물건들이고 한스가 수레바퀴를 끌고 다니는 사람이고 결국 한스가 부담감과 근심의 무게를 견디지 못하고 수레바퀴 밑에 깔려 죽은 것처럼 표현되었다고 생각해서 책 제목이 「수레바퀴 아래서」인 것 같다.

A : 한스가 공부에 스트레스를 받을 때, "지치면 안돼. 그럼 수레바퀴에 깔리게 되니깐"이라고 말했다. 하지만 결국 한스는 부담감과 스트레스에 못 이겨 익사하게 된다. 따라서 한스는 부담감과 스트레스를 담고 있던 수레바퀴에 깔리게 된 것이라고 볼 수 있다. 그래서 제목이 수레바퀴 "아래서" 인 것 같다.

Q. (「수레바퀴 아래서」 저자에게) 왜 이 책을 쓰게 되었나요?

A : 수동적으로 주위가 시키는 대로 행동하며 수레바퀴 아래 깔린 것처럼 살기보다는 자신의 정체성을 찾고 자발적인 자세로 삶을 살자는 의미에서 이 책을 쓴 것 같습니다.

6. 모모 씨를 부탁해! 복도 게시물

☞ 패들렛에 있는 질문들이지만 시각화하여 게시함으로써 학생들의 참여도를 이끌어내려고 노력했다.

☞ 「수레바퀴 아래서」 마지막 장면 다시쓰기 예시

김○○: 어느 날 아버지가 한스에게 "너는 기계공이 되고 싶니, 서기가 되고 싶니?"라고 물었을 때 한스가 원래의 결말인 기계공이 되고 싶다고 하지 않고 서기가 되고 싶다고 하여서 한스가 기계공 사람들과 놀러 가지도 않고 같이 술을 먹지도 않게 되면서 한스가 마지막에 죽지 않고 서기가 되어서 서기 일을 하게 된다. 하지만 서기들과 같이 놀러 가고, 술집도 갔는데 한스가 많이 취해서 집에 가다가 수레바퀴 아래에 떨어지게 된다. 하지만 한스는 누군가에 의해서 올라오게 되는데 그 사람이 바로 하일너이다. 그래서 한스는 죽지 않고 하일너와 같이 서기 일을 하면서 한스는 행복한 삶을 살게 된다.

오○○: 한스는 사회의 통제와 아버지에게 공부에 대한 억압을 받고 있다. 하지만 한스가 힘들어하는 도중 먼저 손을 내밀어 주는 상대가 주변에 있어서 심리적으로 안정된 상태를 유지한다. 그래서 한스는 이러한 통제에 휘둘리지 않고 행복하게 살아간다. 자신만의 생각과 상상을 펼치는 하일너를 만나서 선한 영향력 받고 있다. 그런데 하일너가 돌이킬 수 없는 행동을 하기 시작한다. 하지만 한스는 하일너의 행동에 동조하지 않고 하일너를 올바른 길로 이끌어준다. 하일너는 한스 덕분에 최악의 상황을 면하고 자신을 올바른 길로 이끌어 준 한스에게 고마워한다. 하일너와 선의의 경쟁을 하며 행복한 삶을 살고 있어서 수레바퀴 아래에 가지 않는다. 이처럼 한스는 자신을 짓누르는 삶을 살지 않고 자기주도적인 삶을 살아간다.

　윤○○: 한스는 항상 아빠를 위해 자신이 하고 싶은 것을 하지 못한 채 살았기 때문에 자기가 하고 싶은 것을 하면서 하고 싶은 대로 사는 하일너와 지내면서 자신도 하일너처럼 살고 싶다고 생각을 했다. 한스는 공부를 하면서도 계속 그 생각을 놓치지 않았다. 잠을 자기 전에도, 공부를 하면서도, 하일너와 놀 때도 자신이 무얼 하고 싶을지 고민하고 있었다. 어느 날 오랜만에 고향으로 내려가서 낚시를 하고 있으니 갑자기 공부 말고 자신이 자기 고향에서 즐기던 낚시를 하며 살고 싶다는 생각이 떠올랐다. 하지만 한스는 그럴 수 없었다. 아빠를 위해 공부만 하던 한스는 아빠에게 반항할 수 있을리가 있을까. 그렇게 고민하던 한스에게 어느 날 하일너가 한스의 고민을 눈치채고 "그냥 너 하고 싶은 대로 해."라는 말을 듣고서는 자기 마음대로 학교를 나오지 않고 아빠에게 가서 자신은 공부가 하기 싫다고 어부가 되어서 내 멋대로 살고 싶다고 당차게 말을 했다. 혼이 날 거라고 생각한 한스의 생각과 다르게 아버지는 한참 동안 말이 없다가 "진정 네가 그렇다면 하고 싶은 대로 해."라는 말을 들었다. 결국 한스는 공부를 그만두고 자기가 하고 싶은 낚시, 어부가 되어 행복하게 살았다.

2. 학생들의 변화 과정

2-1. 인문 고전 영상시청 전 설문 결과

Q. 하루 5분 고전 읽기를 통해 기대하는 점은?

고전을 읽기 전과 후에 나는 어떻게 달라져 있을까요?

◎ 책을 더 사랑하고 다양한 종류의 책을 접할 수 있게 되었으면 좋겠다.

◎ 고전을 읽음으로써 이전보다 더 정직하고 지혜로운 사람이 되길 바란다.

◎ 고전에 담겨있는 삶의 가치를 이해하고 이를 실천할 수 있다.

◎ 읽기 전보다 마음이 더 넓어질 것 같다.

◎ 많은 책들과 이야기들을 알게 되고 그 책들에서 깨달음을 얻고 그것들을 바탕으로 내 삶을 성찰/계획할 것 같다.

◎ 지식이 풍부해질 것 같다. 책 내용을 파악하기가 쉬워질 것 같다.

Q. 여러분이 생각하는 '고전'을 읽으면 좋은 점은?

◎ 옛날 사람들의 전통과 문화에 대해서 더 잘 알 수 있을 것 같습니다.

◎ 지식을 키울 수 있다. ◎ 과거의 상황을 짐작할 수 있다.

◎ 아주 옛날부터 전해 내려오던 재밌는 이야기들 속에서 여러 재미와 감동을 느낄 수 있다.

◎ 고전에 담겨있는 삶의 지혜를 알 수 있다.

◎ 자신의 마음을 키우는 데에 좋다.

◎ 여러 가치와 깨달음을 알고 그것을 바탕으로 지금까지의 내 삶을 성찰하고 내 미래를 좋은 방향으로 추구할 수 있을 것 같다.

◎ 시대의 역사적 배경이나 작가의 삶에 대해서 알 수 있다. 그리고 교훈도 얻을 수 있다.

◎ 예전부터 지금까지 살아남은 책이니 분명 여러 깊은 뜻과 삶의 의미, 여러 생각을 하게 도와주고 가치관을 형성할 수 있다.

◎ 국어 공부에 도움이 된다. 똑똑해진다.

◎ 고전이 던져주는 질문들에 답하면서 나의 삶을 한 번 더 반성해볼 수 있다는 점이다.

◎ 자기 생각을 더욱더 잘 드러나게 표현할 수 있다. 자신만의 질문을 만들 수 있다.

◎ 흥미롭거나 요즘에는 상상할 수 없는 일들을 읽으며 상상력이 더 풍부해진다.

2-2. 인문 고전 영상시청 후 설문 결과

Q. 영상으로 만난 책 중에서 끝까지 읽어보고 싶은 책이 있나요? 책 제목과 그 이유를 적어주세요.

◎「레 미제라블」: 장발장이 양심에 눈을 뜨고 열심히 살아가는 과정을 좀 더 자세하게 알고 싶기 때문

 - 혼자 남아 위기에 닥쳐도 스스로 극복하여 세상과 맞서 싸우고 정신력을 키우기 위해서

◎「80일간의 세계 일주」: 제일 인상 깊었고 보았을 때 머리에 제

일 기억이 남았었고 그 세계 일주를 한 게 정말 대단했기 때문

Q. 고전의 내용이 나의 삶과 관련성이 있다면 어떤 점에서 그런지 소개해 볼까요?

◎ 나도 나에게서 또 다른 나를 본 적이 있다.

◎ 힘든 일을 겪으면 잘 이겨내고 더 열심히 살아간다는 것이 비슷하다.

◎ 「수레바퀴 아래서」가 저희의 현재 학생의 삶을 보여주는 것 같아서 찔렸어요.

◎ 고전 속의 인물들도 모두 시련을 겪거나 고통을 입을 때가 있는데 나도 시험으로 인해 시련을 겪고 고통을 겪은 적이 있다.

◎ 나도 처음에는 안 되는 것은 불가능하다고 생각을 했는데 이 책처럼 노력하면 된다는 것을 깨달은 점이다.

◎ 「로빈슨 크루소」가 포기하지 않고 섬을 탈출한 것이 내 삶과 관련된 건 아니지만 로빈슨 크루소처럼 포기하지 않고 끝까지 성공해 보고 싶다.

◎ 「데미안」에 나오는 막스 데미안처럼 나도 내가 봤을 때 나와 다른 친구와 노는 자아랑 나랑 다른 것 같다. 또한 나도 언젠간 장발장처럼 사랑으로 고난을 이겨내고 싶고, 돈키호테처럼 도전도 해 보고 싶다.

2-3. 온 책 읽기 후 설문 결과

1. 인문고전 읽기를 통해 어떤 역량이 길러졌다고 생각하나요?

	설문결과
류가: 책을 읽고 주인공이 무서운 일이 있음에도 용기있게 나서는 모습을 보고 나도 용기있게 해야겠다 라고 생각이 들었다. 소통 인문고전 영상을 보고 활동지 작성하기, 읽어 써서 영상을 보고 활동지를 풀 수 있게 되었다 실행력 창의성 여러활동을 해보니 생각이 더 깊어져서 창의성. 활동이 창의성을 기르기 좋아서. 나는 영상을 보면서 창의성과 실행력이 길러진것 같다 이때까지 영상들을 보면서 정말 훌륭한 점들도 많았고 몰랐던 신기한 이야기들도 흥미진진해 인상깊었기 때문이다	(막대그래프)

학생 답변 예시	역량
☐ 여러 활동을 해보니 생각이 더 깊어졌다. ☐ 인문 고전에 대해 생각하며 내 생각에 따라 다양한 이야기들이 나와서 창의성이 길러졌다고 생각한다. ☐ 창의성이 길러진 것 같습니다. 왜냐하면 책을 읽으며 다음 내용을 상상하고, 내용이 이렇게 됐으면 어땠을까 하면서 책을 읽었기 때문입니다.	창의성
☐ 영상을 보면서 창의성과 실행력이 길러진 것 같다. 이때까지 영상들을 보면서 정말 훌륭한 점들도 많았고 몰랐던 신기한 이야기들도 흥미진진해 인상 깊었기 때문이다.	실행력
☐ 영상을 보고 그 내용을 정리해서 적는 게 더 능숙해졌기 때문입니다.	정보처리역량
☐ 활동을 하면서 친구들과 소통하게 되고, 다 같이 책을 읽으니까 책 내용을 얘기하게 되기 때문입니다.	협력과 소통
☐ 책을 통해 문제해결력을 기르는 데 조금 도움이 되었다.	문제해결력
☐ 스스로 책을 읽고 활동지를 썼기 때문에 자기주도성이 길러졌다고 생각한다. ☐ 독서록 작성하기가 역량을 기르는 데 도움이 되었다고 생각한다. 한마디로 설명할 수 있게 깔끔해서 좋았다.	자기주도성

☞ 학생들의 응답을 통해 다양한 역량이 길러졌다고 느끼고 있음을 알 수 있는데 그 중에서도 창의성이 향상되었다는 응답이 눈에 띄었고, 인문고전 읽기를 통해 일상 대화중에 책에 대한 이야기를 자연스럽게 나누게 되었다는 반응이 반가웠다.

2. 인문 고전을 읽기 전과 후에 변화와 성장이 있었다고 생각하나요? 있다면 어떤 점에서 성장했는지 적어주세요.

학생 답변 예시	역량/덕목
Q. 인문 고전을 읽기 전과 후에 변화와 성장이 있었다고 생각하나요? 있다면 어떤 점에서 성장했는지 적어주세요. □ 내 생각이 더 깊어졌다. □ 정보처리역량이 늘어난 것 같다. □ 책을 읽는 방법을 뭔가 깨달은 것 같다. □ 용감해졌다. 성장했다. 자기성찰을 할 수 있었다. □ 책이 완전 재미없다고 생각했었는데 조금은 재미있어졌다. □ 자신이 가지고 있는 정보를 쉽게 정리하는 능력이 길러졌다. □ 글을 쓸 때 창의성이 부족했는데 점점 창의성이 늘어났었던 것 같다. □ 원래는 책을 잘 읽지 않았는데 인문 고전을 읽고 나서 책에 관심이 생겼다. □ 인문 고전의 내용으로 자신에 대한 성찰을 할 수 있었고, 창의성이 늘어났다. □ 책을 읽고 어려운 사람들이 많다는 걸 알고 앞으로 더 열심히 살아야겠다고 생각했다. □ 생각도 더 많이 할 수 있고 책의 인물과 나랑 비교하는 시간도 가지게 되어서 좋았다.	창의성 정보처리역량 흥미 주도성 성찰 사고력 용기

☞ 학생들의 응답을 통해 다양한 역량이 길러졌다고 스스로 느끼고 있음을 알 수 있다. 책을 읽는 방법을 터득하고 책 읽기에 흥미를 가지게 되었다는 반응이 많아서 그 어떤 역량을 기르게 되었다는 응답보다 환영할 만한 점이라 생각된다.

8. 온 책 읽기 후 마음에 드는 책 나눠 가지기

☞ 같은 번호 학생들끼리 책을 교환해서 읽도록 했는데 10권의 책을 모두 읽은 후 자신이 마음에 드는 책을 가져가도록 했다. 첫 번째 읽었 던 책에 대부분의 학생들이 애정을 보이는 것을 관찰할 수 있었다. 반 별로 2-3주 만에 한 번씩 책을 교환해서 읽을 때 한 줄 평을 간단하게 적게 했다.

생각을 담다
마음을 담다
도서출판 담다

고전 텐미닛

하루 10분 인문 고전 여행을 통한 중학교 1학년 성장기

초판 1쇄 2023년 2월 15일
엮은이 최선경
지은이 서동중학교 샛별반 친구들

발행인 김수영
발행처 담다
디자인 김혜정
출판등록 제25100-2018-2호
주 소 대구광역시 달서구 조암로 38, 2층
메 일 damdanuri@naver.com
문 의 010.4006.2645

ⓒ 최선경, 서동중학교 샛별반 친구들, 2023

ISBN 979-11-89784-29-4 (03810)